A GAROTA VAMPIRA
VAMBI ZOMEM

A GAROTA VAMPIRA
VAMBI ZOMEM

Steven Banks

ILUSTRAÇÃO: Mark Fearing

TRADUÇÃO: Cassius Medauar

MILK SHAKESPEARE

MIDDLE SCHOOL BITES: TOM BITES BACK
BY STEVEN BANKS, ILLUSTRATED BY MARK FEARING
TEXT COPYRIGHT © 2020 BY STEVEN BANKS
ILLUSTRATIONS COPYRIGHT © 2020 BY MARK FEARING
PUBLISHED BY ARRANGEMENT WITH HOLIDAY HOUSE PUBLISHING, INC., NEW YORK. ALL RIGHTS RESERVED.
COPYRIGHT © FARO EDITORIAL, 2021

Todos os direitos reservados.
Nenhuma parte deste livro pode ser reproduzida sob quaisquer meios existentes sem autorização por escrito do editor.

Milkshakespeare é um selo da Faro Editorial.

Diretor editorial: **PEDRO ALMEIDA**

Coordenação editorial: **CARLA SACRATO**

Revisão: **THAIS ENTRIEL**

Capa e design originais: **MARK FEARING**

Adaptação de capa, de projeto gráfico e diagramação: **CRISTIANE | SAAVEDRA EDIÇÕES**

Dados Internacionais de Catalogação na Publicação (CIP)
Angélica Ilacqua CRB-8/7057

Banks, Steven
  Vambizomem: a garota vampira / Steven Banks; ilustrações de Mark Fearing; tradução de Cassius Medauar. — São Paulo: Faro Editorial, 2021.
  320 p.: il.

  ISBN 978-65-86041-99-6
  Título original: Middle School Bites – Tom bites back

  Literatura infantojuvenil I. Título II. Fearing, Mark III. Medauar, Cassius

20-4547   CDD 028.5

Índice para catálogo sistemático:
1. Literatura infantojuvenil

FARO EDITORIAL

1ª edição brasileira: 2021
Direitos de edição em língua portuguesa, para o Brasil, adquiridos por FARO EDITORIAL.

Avenida Andrômeda, 885 – Sala 310
Alphaville – Barueri – SP – Brasil
CEP: 06473-000
WWW.FAROEDITORIAL.COM.BR

Aos meus filhos, James e Spencer, que conhecem a importância da família, dos amigos e de uma boa fantasia de Halloween.

1.
O Morcego Que Falava

O morcego na janela levantou a cabeça e disse:
— Olá?
Não fiquei surpreso que um morcego estivesse falando comigo. Muitas coisas estranhas e malucas aconteceram naquela semana.
1. Um dia antes de eu começar o ensino médio, fui mordido por um morcego vampiro (Quando eu estava dormindo, mas pensei que era apenas uma picada de aranha).

2. Então fui mordido por um lobisomem (Quando eu estava correndo, mas pensei que era apenas um cachorro grande).
3. Depois disso, fui mordido por um zumbi (Quando entrei em um trailer antigo num posto de gasolina assustador, mas pensei que era falso).
4. Eu me transformei em um vambizomem.
5. Contei ao meu melhor amigo, Zeke, e descobrimos que tenho uma ótima audição, visão noturna e uma força e velocidade incríveis. Mas não posso me transformar em morcego e voar, o que é injusto.
6. Descobri que viverei para sempre, a menos que o sol me queime ou eu receba uma estaca de madeira no coração ou um tiro de bala de prata ou se alguém cortar minha cabeça (Acho que todo mundo morre se tiver a cabeça cortada).
7. Emma, a pior irmã do mundo, descobriu que eu era um vambizomem quando me viu bebendo sangue de um bife cru. Ela contou aos nossos pais.
8. Meus pais decidiram que eu deveria contar a todos na escola e o diretor anunciou que deveriam me tratar como uma criança normal.
9. Fui suspenso por um dia porque ameacei morder alguém (Eu só disse isso para assustá-lo, para que não batesse em um garoto chamado Abel Sherrill).

A PIOR PRIMEIRA SEMANA DE ESCOLA DA VIDA!

Depois da pior primeira semana de aula de todos os tempos, minha família foi passar o fim de semana na casa da minha avó na floresta, que foi onde todas as mordidas aconteceram.

Na noite em que chegamos lá, tivemos um grande jantar com costelinhas grelhadas. Tenho que comer muito porque sou um terço zumbi. Os zumbis não estão com fome 24 horas por dia, 7 dias por semana, como na TV, mas quando você fica com fome, você fica com MUITA fome.

Havia lua cheia naquela noite, então me transformei em um lobisomem. Vovó não tinha me visto fazer isso ainda. Ela achou que eu era um bom lobisomem; ela adora filmes de terror antigos e costumamos assistir a eles quando a visitamos. Mas naquela noite, Emma escolheu um filme romântico chato. Quando acabou, fui para a cama e foi quando o morcego apareceu na minha janela.

Eu meio que fiquei lá parado, olhando para ele.

— Olá? — disse novamente, mais alto.

Parecia um morcego fêmea.

— Oi... — respondi.

— Bem, você sabe falar. — a morcega afirmou. — Esta deve ser uma conversa interessante.

Ela falava como o Abel Sherrill, o segundo garoto mais estranho da minha escola (Eu sou o primeiro). Ele usa terno e gravata para ir à escola todos os dias e carrega uma pasta. Compartilhamos um armário. Isso me incomodou no início, mas agora não me importo muito.

— Então... você é o morcego que me mordeu na semana passada? — perguntei.

— Sim. Essa seria eu.

Eu queria dar um soco nela. Se este morcego estúpido não tivesse me mordido, eu não seria um vampiro. Ou um terço vampiro. Mas também queria fazer um milhão de perguntas, então me segurei.

O morcego me olhou de cima a baixo.

— Eu não sabia que você era um lobisomem. Você certamente não tinha gosto de um.

Esqueci que estava no modo lobisomem completo. Acho que estava me acostumando com os pelos.

— O lobisomem me mordeu depois de você — expliquei. — Por que você me mordeu?

— Sou uma vampira. Isso é o que fazemos. Eu estava voando e precisava de sangue. A janela da velha estava fechada, infelizmente...

— Você está falando da vó, esta é a casa dela.

— E sua janela estava aberta.

— Mas por que você me transformou em um vampiro?

— Garanto que essa não era minha intenção. Foi um acidente.

— Como você pode transformar alguém em vampiro sem querer?

— Eu tinha mordido você e estava me preparando para beber... mas você se mexeu e tentou me dar um peteleco, então mordi meu lábio. Uma gota do meu sangue pingou na mordida que fiz em seu pescoço. Quando o sangue de um vampiro se mistura com o de um humano, ele se transforma. Como aconteceu com você.

— Virei um vampiro porque você mordeu o lábio?

— Exatamente. Se eu tivesse bebido todo o seu sangue, não estaríamos tendo esta conversa.

Ela olhou por trás de mim, examinando o quarto.

— Você está sozinho?

— Não. Meus pais, irmã e vovó estão aqui...

Tive um pensamento horrível. Ela queria sugar o sangue deles. Em uma fração de segundo, agarrei o morcego e segurei. Posso me mover super rápido quando quero. Isso é uma coisa boa em ser parte vampiro e parte lobisomem. Zumbis, em geral, são tontos. Não há nada de bom em ser um zumbi.

O morcego se contorceu, se mexeu e tentou se libertar.

— Me solta!

— Não morda ninguém aqui!

— Me deixe ir!

— Não até você dizer que não vai morder ninguém.

Eu apertei ela um pouco para mostrar que estava falando sério. Não queria que ela acidentalmente transformasse mamãe, papai, vovó, Emma ou nosso cachorro, Muffin, em vampiros. Existem cães vampiros?

— Muito bem — ela disse. — Não vou morder ninguém.

— Não! Você tem que dizer, "Juro pelo sangue"! — exigi, segurando a alguns centímetros do meu rosto.

Ela me lançou um olhar de nojo.

— Eu juro pelo sangue que não irei morder ninguém nesta casa. Agora me coloque de volta!

Eu a coloquei de volta na janela. Agora sabia que podia confiar nela. Na semana passada, Zeke disse que se um vampiro fizer um juramento de sangue, esse juramento será obrigatório.

Se voltassem atrás em sua promessa, eles derretiam ou se desintegravam ou explodiam em chamas ou algo assim.

— Tenho um zilhão de perguntas — falei.

— Vou responder algumas e depois devo seguir meu caminho.

O morcego voou para dentro do quarto, zunindo bem perto da minha orelha e pousando no meu travesseiro. Não fiquei feliz por ela pousar ali. Quer dizer, os morcegos são como ratos com asas.

— Primeiro, eu tenho uma pergunta para você — ela disse. — Como você se tornou um lobisomem?

— Um lobisomem me mordeu quando eu estava correndo — respondi, sentando em uma cadeira. — Mas, eu sou apenas um terço lobisomem.

— Um terço? Por favor, diga, como é isso?

Contei a ela sobre ser mordido pelo zumbi.

— Você também é parte zumbi? — ela perguntou, com seus olhinhos de morcego se arregalando.

— Sim. Eu sou um vambizomem.

Ela assentiu com a cabeça.

— Vambizomem... Muito esperto. Eu naturalmente gosto de vampiros, em geral. Eu tolero lobisomens; mas os zumbis são outra questão. Não servem para nada, são máquinas de comer sem cérebro.

Ninguém gosta de zumbis. Exceto, talvez, outros zumbis. A vó adora filmes de zumbis, mas não é a mesma coisa.

O morcego caminhou em minha direção, cruzando meu travesseiro, deixando pequenas marcas de pés de morcego. Ela olhou para o meu rosto.

— Absolutamente fascinante. Em todos os meus 244 anos, nunca encontrei nem ouvi falar de tal criatura.

— Nunca? Eu sou o único... Espera aí! Você tem 244 anos?

Toc! Toc! Toc!

Alguém estava do lado de fora da minha porta.

2.
Ligando Para o Presidente

É a minha irmã Emma. Conheço o jeito dela de bater na porta.

O morcego mergulhou sob meu travesseiro. Eu realmente esperava que ela não tivesse doenças.

— Ei! Aberração! — Emma gritou.

Desde que me tornei um vambizomem, ela me chamou de vários nomes diferentes. Acho que está experimentando antes de escolher o melhor.

Até agora ela me chamou de:

> Mordidinha
> Garoto Monstro
> Bizarro
> Bizarrice Bizarra
> Horripilante
> Tom Terrível
> Mutante
> Garoto Nojento
> Aquele Que Nunca Será Normal

— Com quem você está falando? — Emma gritou do outro lado da porta.

— Zeke! — gritei de volta. — Liguei para ele para perguntar sobre alguns deveres de casa de história.

Emma ficaria louca se soubesse que o morcego vampiro que me mordeu estava no meu quarto. Ela provavelmente ligaria para a polícia... ou para o presidente.

— Olá. Presidente falando. Como posso ajudá-la?

— Aqui é Emma Marks! O morcego vampiro que mordeu meu irmão está na casa da minha avó! Envie o exército, a marinha e os fuzileiros navais! Vocês precisam declarar guerra!

— Desculpe, não podemos fazer isso. Somente o Congresso pode declarar guerra.

— Está falando sério?

— Sim. Você deveria ter aprendido isso na escola. Que nota você tirou na aula de História?

— Provavelmente tirei A. Você tem que se livrar desse morcego!

— Deixe-me ver seu boletim escolar... Você tirou C.

— Você vai me ajudar com esse morcego vampiro ou não?

— Você gostaria que eu conectasse você ao Serviço de Atendimento de Emergência para Morcegos Vampiros?

— Sim! Eu gostaria! Já estava na hora!

— Estou brincando, Srta. Marks. Essa organização não existe.

— Isso NÃO é engraçado!

Eu podia ver Emma fazendo isso com certeza.

— Você roubou minha pasta de dente? — ela gritou, do corredor.

— Não!

— Sim, você roubou!

— Não, não roubei!

— Me deixa entrar pra ver então!

Emma usa uma pasta de dente que ela acha que deixa seus dentes brancos e brilhantes. Ela está sempre sorrindo para si mesma no espelho. Emma usava aparelho até um ano atrás e reclamava dele todos os dias. Acho que vou precisar de aparelho, já que agora tenho presas.

— Eu não estou com sua pasta de dente, Emma!

Emma fez um barulho que parecia um urso rosnando. Então saiu batendo os pés pelo corredor. Tranquei a porta, me virei e havia uma garota olhando para mim.

3.
A Garota de 244 Anos

Era como um filme de terror, quando uma garota de aparência assustadora sai de um poço ou de repente aparece em um espelho.

Ela parecia ter treze ou quatorze anos. Era magra e um pouco mais alta do que eu, com longos cabelos ruivos que desciam pelas costas, olhos verdes e um rosto pálido e branco. Usava um vestido verde escuro que parecia que estava indo para uma festa de Halloween ou um velório.

— Quem é você? — perguntei.

— Martha Livingston, da Filadélfia, Pensilvânia.

Ela ergueu os dois lados do vestido com os dedos, baixou um pouco a cabeça e fez uma reverência. Eu não tinha certeza do que deveria fazer, então me curvei de volta. Eu teria que aprender as boas maneiras de vampiro? Não sabia o que dizer. Estava conversando com um morcego e agora o morcego era uma menina.

— E qual o seu nome?

— Eu sou Thomas Marks. — Não sei por que disse "Thomas" em vez de "Tom". — Você realmente tem 244 anos? — perguntei.

— Existo na terra por esse tempo. Eu tinha treze anos quando fui transformada. — Ela parecia uma menina, mas falava como adulta. Era mais fácil falar com uma garota do que com um morcego.

Eu não queria que mamãe, papai, a vó ou Emma nos ouvissem conversando, então liguei um rádio antigo que a vó deixava naquele quarto. Era uma música clássica chata com pianos e violinos tocando a mesma coisa.

— Quem era a garota gritando na porta?

— É minha irmã, Emma. Ela é insuportável.

— Como você sabia sobre o juramento de sangue, Thomas?

— Meu melhor amigo Zeke me contou.

— Ele deve ser um sujeito sábio e culto.

Zeke era o oposto de um sujeito sábio e culto. Mas sabia muitas coisas sobre monstros. Ele adoraria conhecer Martha.

— Ele é um amigo verdadeiro, leal e honesto? — ela perguntou.

— É sim.

— Você é sortudo. Você também tem outros amigos?

— Sim. Tem uma garota chamada Annie Barstow e um cara chamado Abel Sherrill, ele é um novo amigo.

— Annie Barstow é alguém de quem você gosta? Sua namorada, talvez?

Por que as pessoas sempre perguntam isso quando você diz que tem uma amiga que é uma garota?

— Não. Ela é apenas uma amiga.

Martha se sentou em uma velha cadeira de balanço no canto do quarto e cruzou as mãos no colo.

— Já que você não vai permitir que eu me alimente, nosso tempo aqui deve ser breve. O que você gostaria de perguntar?

— Você pode me ensinar como me transformar em um morcego e voar?

— Não. Eu não posso.

— Ah, como assim? Você tem que me ensinar!

Ela ergueu uma sobrancelha.

— Sério? Eu tenho? E onde exatamente diz que eu devo ser sua instrutora pessoal de coisas de vampiros?

— É culpa sua eu ser um vampiro! Todo mundo na escola fica me perguntando se eu posso me transformar num vampiro e voar.

— Ensinar essas coisas leva tempo, coisa que não tenho esta noite. Vamos abordar os assuntos mais importantes. Pegue papel e caneta, para que possa fazer anotações.

Peguei um caderno e uma caneta da minha mochila e sentei na cadeira da escrivaninha.

— Escolha suas vítimas com cuidado — ela disse, balançando para frente e para trás. — Certifique-se de estar sozinho quando se alimentar. Nada de espaços públicos. Cavernas são excelentes; becos escuros, edifícios abandonados, a floresta, um parque isolado...

— Mas espere, eu não...

— Shiu! Não ataque. Encante a vítima. Perfure a pele com suas presas. Eles geralmente vão desmaiar, então esteja preparado para segurá-los. Se alimente rapidamente, mas com eficiência.

— Ei, ei, ei! Eu não quero sugar o sangue de ninguém!

Ela parou de se balançar na cadeira.

— Meu Deus, rapaz, você deve se alimentar ou vai morrer.

— De jeito nenhum. É muito nojento.

Martha balançou a cabeça e suspirou.

— Você é um daqueles, então? É tão ruim quanto um vegetariano. De onde você tem conseguido seu sangue?

— Eu consigo de carne crua.

— Que ridículo.

— E existe um sangue sintético que você pode comprar.

— Eu tentei... uma vez. É horrível! Com que frequência você se alimenta?

— A cada três ou quatro dias. Acho que não preciso de sangue tanto quanto você, porque sou apenas um terço vampiro.

Ela levantou.

— Então por que estou perdendo meu tempo dando a você esse conhecimento valioso?

— Espere... — Eu não queria fazer a próxima pergunta, mas tinha que fazer. — Hã... então... você realmente mata pessoas?

— Não — ela retrucou. — Eu não mato. Sou o que é conhecido como um vampiro pega e solta.

— Nunca ouvi falar disso — falei.

— Bem, eu nunca tinha ouvido falar de um vambizomem, mas existe um, não é? Só sugo sangue o suficiente para matar minha sede. Deixo a pessoa, ou animal, tonta, enfraquecida, com uma pequena cicatriz, mas eles se recuperam.

Ela caminhou em direção à mesa e examinou todos os deveres de casa que tive que fazer no fim de semana. Eu não conseguia acreditar na quantidade de lição de casa que tivemos na primeira semana de aula. Isso deveria ser ilegal.

— Como você se tornou uma vampira? — perguntei. — Por acaso um morcego mordeu você?

Ela se sentou na beirada da mesa.

— Não. Fiquei órfã aos treze anos. Um casal me recebeu e me colocou para trabalhar. Eu era uma serviçal. Uma noite, quando estávamos fechando, percebi que Benjamin Franklin havia deixado seus óculos sobre a mesa. Corri para fora...

— Você disse Benjamin Franklin?

— Disse.

— O cara que inventou os óculos e a eletricidade?

Martha revirou os olhos.

— Dr. Franklin não inventou óculos, inventou os bifocais. E ele não *inventou* a eletricidade. Apenas empinou uma pipa com uma chave em um barbante, durante uma tempestade, para demonstrar que o raio *era* eletricidade.

— Você realmente conheceu Benjamin Franklin?

— Sim! Posso terminar minha história? Dr. Franklin caminhava rápido e era bem alto, então tive que correr para alcançá-lo. Eu gritei, ele virou e...

— Ben Franklin mordeu você? Ben Franklin era um vampiro!

Eu mal podia esperar para contar a Zeke. Ele ficaria louco.

— Não! — Martha respondeu.

Ela me lançou o mesmo tipo de olhar bravo que Emma me lança o tempo todo.

— Pare de me interromper! Você está testando minha paciência. Dr. Franklin não era um vampiro.

Zeke ficaria muito desapontado. Eu também fiquei.

— Devolvi os óculos, ele tirou o chapéu e disse: "Muito obrigado, minha querida Martha. Eu deveria seguir meu próprio conselho: a pressa realmente é inimiga da perfeição." Então ele colocou dois centavos na minha mão.

— Dois centavos? Só isso?

— Eu ganhava dez centavos por semana. O Dr. Franklin dava gorjetas generosas. Depois eu precisava voltar correndo, pois sabia que meu senhor e minha senhora ficariam descontentes se não me encontrassem lá. Peguei um atalho por um beco, o que foi um erro. Da escuridão surgiu um homem alto, de rosto pálido, com cabelo e barba pretos, vestindo uma longa capa vermelha. Ele me agarrou com força pelo pescoço. Gritei por ajuda. O Dr. Franklin veio correndo e tentou afastar o homem com sua bengala, mas ele era forte, agarrou a bengala do Dr. Franklin e deu-lhe um golpe poderoso na cabeça, deixando-o inconsciente. Tentei gritar de novo, mas o homem cobriu minha boca com a mão fria e ossuda. Então me arrastou por uma porta para um quarto escuro e úmido que cheirava a pele de animal. Ele mordeu minha garganta, começou a beber meu sangue e... me transformou.

— Quem era ele? — perguntei.

Ela respirou fundo e depois soltou.

— Seu nome era Lovick Zabrecky. Fiz parte de seu grupo, por um breve período. Éramos quatro. Aprendi seus costumes e então parti. Passei a maior parte da minha vida sozinha, o que prefiro. Por mais de dois séculos, fiquei longe dos raios do sol, evitei ser decapitada ou queimada, escapei de muitas multidões enfurecidas e protegi meu coração de estacas de madeira. Houve algumas situações que escapei por pouco. Mas isso torna a vida interessante, né?

Me lembrei de algo.

— Como vou aprender a me transformar em morcego e voar se você não quer me ensinar?

— Existem alguns livros sobre o assunto.

— Posso obtê-los na Internet?

— Não — ela respondeu irônica. — Eles são raros, caros e muito difíceis de obter, embora não impossíveis. Você também pode, por acaso, encontrar outro vampiro que vai te ensinar.

— Há muitos outros vampiros por aí?

— Bem poucos.

— E são todos como você?

Isso não pegou bem. Ela se ofendeu.

— Claro que não! Assim como as pessoas, não existem dois vampiros iguais. Alguns podem suportar um pouco de luz solar, se protegidos. Eu, infelizmente, não posso pegar um único raio. Eu pegaria fogo como uma tocha.

— Consigo sair ao sol, desde que coloque protetor solar, óculos escuros, um chapéu e roupas que cubram minha pele.

— Isso prova meu ponto. Alguns vampiros podem se transformar em outras criaturas, alguns não podem...

— Espera aí. Quer dizer que posso não ser capaz de me transformar em um morcego e voar?

— Isso.

Essa era a única coisa boa em ser um vampiro. Se eu não pudesse voar, seria realmente uma droga.

Martha continuou.

— Alguns de nós podem se transformar em fumaça.

Zeke não tinha dito isso.

— O que permite desaparecer, escapar, observar as pessoas e passar despercebido. Para deslizar por pequenos espaços: debaixo de uma porta, por uma fresta de janela. Permite ir a quase qualquer lugar. No entanto, não é fácil de aprender e pode ser perigoso.

Toc, toc, toc.

Não era a batida da Emma.

4.
Perguntas e Respostas

Vovó estava batendo na porta.
— Tommy?
— Sim?
— Está ficando tarde, acho que é hora de desligar a música e começar a se arrumar pra dormir.
— Ah. Está bem, vó, já vou. Boa noite.
— Boa noite, Tommy.
Escutei seus passos pelo corredor e ouvi sua porta se fechar.
— Tenho de partir — Martha falou. — Adeus.

— Não! Espere — sussurrei. Fui até o rádio e o desliguei. — Podemos descer para o porão? Por favor? Só por tipo, quinze minutos?

Eu conseguia ver que ela estava tentando decidir se deveria ficar mais tempo.

— Muito bem, Thomas. Ficarei quinze minutos. Não mais.

Será que eu poderia convencê-la a me ensinar a voar em quinze minutos? Tinha que tentar.

— Talvez seja melhor você voltar a ser um morcego primeiro, antes de descermos.

E assim, um morcego estava pairando na porta. Coloquei meu moletom. Martha, a Morcego, voou para a minha mão. Eu cuidadosamente a coloquei no bolso do meu moletom antes de abrir a porta e me certificar de que ninguém estava no corredor.

Enquanto eu andava pelo corredor na ponta dos pés em direção às escadas, a porta de Emma se abriu.

— O que você está fazendo?

— Nada — respondi, esperando que ela não notasse o bolso do meu casaco.

— Aonde você vai?

— Lá embaixo.

— Por quê? — ela perguntou, cruzando os braços e se encostando ao lado da porta.

— Vou pegar mais costeletas. Estou com fome.

— Você é um zumbi total. Por que estava ouvindo música clássica?

— Eu gosto.

— Não, você não gosta!
— Sim eu gosto!
— Desde quando?
— Desde esta noite.
Emma baixou o olhar.
— O que tem no seu bolso?

— Nada. — Coloquei minha mão no bolso. Podia sentir Martha. Quer dizer, o morcego, que, acho, também era Martha.

— Tem algo aí — Emma falou.

Soltei um grande suspiro.

— Tá bom... É o morcego vampiro que me mordeu e eu vou fugir com ele e me juntar a um grupo de vampiros e sugar o sangue das pessoas e aterrorizar o mundo.

Emma abriu a boca, mas não conseguia pensar em nada para dizer, o que não acontece com muita frequência. Finalmente ela disse:

— Boa! — E fechou a porta.

Às vezes você pode dizer às pessoas exatamente o que você não quer que elas saibam e elas pensam que você está brincando.

o o o

Quando descemos para o porão, tirei Martha do bolso, e ela voltou a ser uma garota. O porão da vovó tem um grande sofá, uma poltrona, pôsteres antigos na parede e uma mesa de pingue-pongue.

Martha sentou-se num pufe e sorriu.

— Não me sento em um destes desde 1969.

Suas presas eram muito brancas. Eu gostaria de saber como são minhas presas, mas não consigo me ver no espelho.

— Como você mantém suas presas tão brancas? — perguntei.

— Eu escovo após cada alimentação e passo fio dental. É preciso manter a aparência saudável.

Ela olhou para o vestido e tirou um fiapo.

— Martha, o que acontece com suas roupas quando você se transforma em um morcego? Quando você chegou aqui, você era um morcego. Então, você se transformou em uma garota, vestida. Suas roupas desaparecem ou o quê?

— As roupas de um vampiro são, na verdade, dispositivos de camuflagem, então ficam invisíveis quando o vampiro se transforma em um morcego ou outra forma.

— Ah. Entendi — falei, balançando a cabeça lentamente para cima e para baixo.

Eu não tinha ideia do que ela estava falando.

— Você mora aqui por perto? — perguntei.

— Temporariamente.

— Ei, você conhece o lobisomem que me mordeu?

— Eu não me misturo com lobisomens. Mas conheço alguns. Descreva-o.

— Ele era enorme e tinha um rosto cinza e pelo branco.

— Essa é a descrição de mil lobos!

— Ele tinha um círculo escuro ao redor de um olho.

Seu rosto ficou sério.

— Os olhos eram de um azul vívido e intenso?

— Eram. — Lembrei que vi seus olhos azuis quando me virei, pouco antes de ele me morder.

— Esse é um lobisomem chamado Darcourt. Ele não é confiável.

— Por que eu confiaria nele? Ele me mordeu.

— Ele é perigoso e poderoso. Se por acaso você o vir novamente, fuja o mais rápido que puder. A menos que você deseje duelar até a morte.

Eu não planejava entrar em nenhuma luta até a morte se eu pudesse evitar. Decidi mudar de assunto.

— Então, o que você fez nos últimos duzentos anos?

— Não estou aqui para lhe contar a história de minha vida.

— Você não precisava ir para a escola, não é?

— Não. Eu não precisava. E nem poderia. No entanto, eu não queria ser uma tonta. Entrei nas bibliotecas à noite, depois que fechavam. Li todas as grandes obras da literatura. Falo e escrevo oito línguas diferentes e toco onze instrumentos musicais... A música é o meu verdadeiro amor e paixão.

Ela tinha uma expressão no rosto como a de Annie quando fala sobre um ótimo livro que leu ou como Zeke quando fala sobre banjos. Às vezes, gostaria de me sentir assim em relação a alguma coisa.

— Tive a sorte de ver Beethoven estrear sua Nona Sinfonia em Viena, quando estava completamente surdo. Eu vi o grande jazzista Louis Armstrong tocar trompete e cantar em um barco no Mississippi, em Nova Orleans. Eu vi Bob Dylan fazer seu primeiro show na cidade de Nova York.

A vó ama Bob Dylan. Ela toca seus discos o tempo todo. Sua voz soa rouca e forte, como se ele estivesse com um forte resfriado. Na minha opinião, tenho uma voz muito melhor do que Bob Dylan. Cantar é uma coisa em que sou bom. É por isso que Annie me pediu para entrar em sua banda.

— Martha, você quer conhecer a vó? Ela adoraria falar com você.

— Não! — ela disse. — Você deve fazer um juramento de sangue de que não contará a ninguém sobre mim.

Eu levantei minha mão.

— Eu juro pelo sangue; não vou contar pra vovó...

— Para *ninguém*! — ela disse, apontando o dedo para mim.

— Eu juro pelo sangue; Não vou contar a ninguém sobre você.

— E lembre bem: se você quebrar esse juramento... vai pegar fogo e queimar.

Ela se levantou e abriu a pequena janela perto do teto.

— E agora devo partir.

— Não! Espere!

— O que é agora?

— Você não pode me ensinar como me transformar em um morcego e voar?

— Quantas vezes preciso dizer não?

— Ah, vamos lá! O cara vampiro que te transformou, aquele Shovic Labrescky, ele te ensinou coisas.

— O nome dele é *Lovick Zabrecky*.

— Certo, mas ele ensinou você, então você tem que me ensinar! E o Código dos Vampiros?

Inventei aquilo. Eu não sabia se realmente existia um Código dos Vampiros, mas parecia interessante. Poderia haver.

Ela zombou.

— Não existe isso.

— Bem, mas deveria ter! Você me transformou; você deveria me ensinar!

Ela cruzou os braços e me observou.

— Muito bem, vou ensinar. Mas, não espere aprender como se transformar e voar corretamente em uma noite, não é algo fácil. Em primeiro lugar, cruze os braços sobre o peito, palmas para baixo, dedos afastados.

Cruzei meus braços como as pessoas fazem quando estão em um caixão.

— Espere aí. Você acha que porque eu sou apenas um terço vampiro, posso ser apenas um terço morcego e o resto de mim ainda será humano?

— Só há uma maneira de descobrir. Feche seus olhos.

Fiz isso.

— Agora você diz: "Vire um morcego. Morcego, eu serei."

— E depois?

— E então você deve se transformar.

Eu abri meus olhos.

— Mesmo? É só *isso*?

— Sim.

— Que bizarro.

— Então não fale! E não se torne um morcego e não voe! E eu não vou mais perder meu tempo aqui!

Ela se moveu em direção à janela.

— Espere, espere, espere! Está bem, está bem! Eu direi isso.

Por que eu fui conseguir o professor de vampiros mais chato do mundo? Por que não consegui um que fosse bom e paciente?

Martha me olhou com seus olhos verdes.

— E preste atenção: quando você falar, acredite.

Fechei os olhos, respirei fundo e disse:

— Vire um morcego... Morcego, eu serei.

5.
O Voo do vambizomem

Senti uma pequena brisa. Abri meus olhos. A sala parecia gigantesca.

O sofá parecia tão grande quanto uma casa. A mesa de pingue-pongue era imensa. O pufe era enorme. Martha elevou-se sobre mim como um gigante.

— Virei um morcego? — gritei para ela.

Ela se agachou e olhou para mim.

— De certo modo. Digamos que você seja um morcego, embora um morcego com aparência de lobo, devido ao seu estado de lobisomem.

Levantei o que pensei que seria meu braço e olhei para ele. Era uma asa cinza-escura, e eu conseguia ver através dela. Dentro da asa estava o que parecia ser um braço magro, com três dedos e um polegar na ponta. Olhei para os meus dois pés minúsculos, parecidos com garras, com cinco dedos. Senti minhas orelhas, e elas eram enormes em comparação com a minha cabeça. Acho que virei mesmo um morcego.

— Vamos prosseguir — ela falou. — Segure suas asas esticadas, na altura dos ombros, e bata.

Mexi meus braços, quero dizer, minhas asas, para cima e para baixo.

— Tipo assim?

— Não! Nada como isso. Eu vou te mostrar. — Ela cruzou os braços e disse: — Vire um morcego... Morcego, eu serei.

Ela se transformou. Ficamos parados no chão, cara de morcego para cara de morcego.

— Bata suas asas juntas, em um ritmo rápido e constante. Deste jeito. — Ela moveu suas asas para cima e para baixo e lentamente se levantou do chão.

Eu bati minhas asas.

— Não está acontecendo nada — afirmei. — Não está funcionando. Eu não posso voar.

— Bata suas asas mais rápido.

Eu fiz isso.

Lentamente me levantei do chão e subi ao ar, mais e mais alto.

Eu estava voando!

Foi incrível! Comecei a bater minhas asas mais rápido. Foi a sensação mais incrível, espetacular e inacreditável de todos os tempos!

Foi melhor do que o Natal, meu aniversário, Halloween e uma viagem para a *Disney* juntos.

— Estou voando! — gritei enquanto continuava subindo.

— De fato você está — Martha falou. — Você também está prestes a bater no teto.

BAM!

Bati a cabeça no teto. Então agarrei minha cabeça com as duas asas, o que não é a coisa mais inteligente a se fazer quando você deveria estar batendo-as para voar. Caí direto no chão. Olhei para cima para ver Martha pairando sobre mim, com um sorriso no rosto.

Esfreguei o topo da cabeça com minha asa.

— Isso doeu muito.

— Posso sugerir que você sempre olhe na direção em que está voando?

Me levantei, bati as asas e voltei a subir no ar, na direção de Martha. Bati minhas asas rápido o suficiente para pairar ao lado dela.

— O que eu faço agora?

— Para impulsionar-se para frente, incline suas asas para baixo.

Eu fiz e funcionou. Foi incrível, até que percebi que estava indo direto para a parede.

— Como faço para virar?

— Incline levemente para a esquerda! — ela gritou.

Me inclinei, mas virei de cabeça para baixo e comecei a girar.

— Eu disse levemente!

Continuei batendo minhas asas e me endireitei. Eu estava um pouco tonto, mas comecei a voar em círculos pela sala.

— Certo... Deixa comigo... Vamos lá fora! — eu disse enquanto voava em direção à janela aberta.

— Não! — Martha me seguiu até a janela e me impediu de sair.

— Por que não? — perguntei enquanto me virava para evitá-la, bati na parede e cai no chão.

Martha olhou para baixo e sorriu.

— Esse é um dos motivos. Você não está pronto. — Ela pousou ao meu lado. — Voar em uma sala é bem diferente de voar para fora, onde você deve lidar com ventos, correntes de ar, temperatura e... predadores.

Não gostei nem um pouco daquilo.

— Predadores?

— Gaviões e corujas que adoram comer morcegos saborosos. Cuidado com as corujas... elas não fazem barulho quando voam.

Eu não pensei em ser comido.

— E quando você estiver no chão, ou em uma árvore ou caverna, tome cuidado com cobras, doninhas e guaxinins. Pequenos pássaros podem voar para dentro de uma caverna de morcegos quando você está dormindo e bicar você até a morte.

    Decidi que NUNCA iria dormir quando fosse morcego.

    — Além disso, tome cuidado ao voar sobre rios e lagos, já que peixes costumam saltar para cima e abater um morcego.

    Por que nem tudo é tão bom quanto você imagina que será? Sempre há algo que destrói o sonho.

— O que acontece se algo me comer quando eu for um morcego? — perguntei.

— Então, a história de Thomas Marks, o vambizomem, chega ao fim.

Nós voamos novamente e Martha tentou me mostrar como pousar.

— Pare de bater suas asas, mas mantenha-as estendidas, então deslize, inclinando suas asas para reduzir a velocidade.

Martha pousou perfeitamente.

Meus pés atingiram o chão e eu tropecei, me desequilibrei, dei cinco saltos mortais e bati na parede.

— Não é o que eu chamaria de boa aterrissagem — Martha falou. — Mas um belo acidente.

Eu me levantei com meus pés de morcego.

— Eu sou péssimo nisso.

— Pratique uma hora por dia e você ficará bom. E agora não posso demorar mais, devo realmente partir.

— Por quê?

— Eu devo me alimentar.

— Ah... certo... Obrigado pela lição de voo.

— De nada. Algo mais?

— Hum... Acho que não?

— Você não deseja saber como se transformar de volta em um ser humano?

COMO EU ESQUECI DE PERGUNTAR ISSO?

— Oh! sim! Claro! O que eu falo?

— *Vire um humano. Humano, eu serei.* — Ela voou até o parapeito da janela. — Adeus e boa sorte, Thomas Marks. Talvez nossos caminhos se cruzem novamente.

— Espere... Martha. Mais uma pergunta.

— *O que é?*

— Você já desejou não ser um vampiro?

Ela ficou séria novamente.

— Isso aconteceu uma vez... no início... Mas não mais. Eu sou o que sou. Não se preocupe, Thomas. A coisa fica melhor.

Ela se virou e olhou pela janela. Acho que estava procurando por corujas e falcões. Então, voou direto para fora.

Eu a observei voar sobre as copas das árvores, passar pela lua e sumir na noite.

Me perguntei se algum dia a veria novamente.

○ ○ ○

Respirei fundo e disse:

— Vire um humano. Humano, eu vou ser.

Nada aconteceu.

Eu ainda era um morcego.

— Vire um humano. Humano, eu vou ser.

Por que eu ainda era um morcego?

— Vire um humano. Humano, eu vou ser!

Não me transformei.

— VIRE UM HUMANO. HUMANO, EU VOU SER!

Não estava funcionando. Eu seria um morcego para sempre.

Emma me colocaria em uma gaiola! Ou me venderia para um zoológico! Eu teria que dormir pendurado de cabeça para baixo! Não poderia tocar na banda de Annie! Teria que ser um morcego para o Halloween para o resto da minha vida! Como eu iria viver como um morcego?

— Vire um humano! Humano, eu vou ser!

Eu gritei.

Eu sussurrei.

Repeti rápido, lento, para frente e para trás, várias vezes.

Eu ainda era um pequeno morcego de olhos esbugalhados, orelhas grandes e pés em forma de garra.

Tive um pensamento terrível. Será que Martha saía por aí transformando pessoas em vampiros, ensinando-os a se transformar em morcegos e depois deixando-os assim para sempre? Martha Livingston era a a pior pessoa do mundo?

Talvez eu estivesse falando errado. O que exatamente ela disse? Fechei meus olhos e a imaginei me falando a frase.

— Vire um humano... Humano, eu vou... — NÃO! Não é "eu vou", seu idiota! É serei!

Eu respirei fundo.

— Vire um humano... Humano, eu serei.

Meu corpo parecia que estava se alongando e de repente eu era humano novamente. Verifiquei duas vezes para ter certeza de que ainda não tinha asas, orelhas grandes ou pés de morcego.

Eu não tinha.

Voltei para cima e escrevi as palavras em um pedaço de papel, para o caso de algum dia me esquecer de novo. Então eu fui para a cama e me preparei para dormir.

Eu estava tão feliz por ser um vambizomem normal outra vez.

6.
Mostrando para o Zeke

Quando estávamos no carro voltando para casa, Emma trocou mensagens com seu novo namorado, o Garoto Cenoura, o tempo todo. Ele realmente se parece com uma cenoura. Ele cortava nossa grama e Emma zombava dele e o apelidou de Garoto Cenoura. Agora está apaixonada por ele. Ela é tão estranha.

Decidi não contar à minha família, a Annie ou a ninguém na escola que eu podia voar até que ficasse melhor nisso. Eu queria mostrar a Zeke, embora ele não seja a melhor pessoa do mundo em guardar segredos. Quando cheguei em casa, corri para o meu quarto e liguei para ele. Zeke chegou à minha casa em quatro minutos, o que eu acho que é um recorde. Depois que entrou no meu quarto, tranquei a porta e o fiz sentar na cama.

Falei calmamente e baixinho.

— Zeke, não grite, berre, dance ou faça polichinelos quando eu te mostrar algo... tá bom?

— Tá bom, Tonzão — ele concordou.

Cruzei meus braços, fechei os olhos e respirei fundo.

— Vire um morcego. Morcego, eu serei.

Eu me transformei em um morcego.

Zeke gritou, berrou, dançou e fez polichinelos, tudo ao mesmo tempo.

— PARE! — gritei, olhando para ele do chão. Achei que fosse pisar em mim sem querer. Ele se agachou e apoiou o queixo no tapete.

— Você é um morcego! — Zeke gritou. — Vamos lá fora e você pode me mostrar como é voar!

— Não, Martha disse que eu não deveria.

— Quem é Martha?

— Hã... ninguém. Eu não saí de casa ainda. Preciso praticar mais.

Eu o fiz sentar na cama. Bati minhas asas, levantei no ar e voei em círculo. Zeke ficou louco de novo. Mas tenho que admitir, se visse meu melhor amigo se transformar em um morcego e voar pelo quarto, eu também ficaria muito animado.

— Esta é a melhor coisa que já aconteceu na história do mundo!

Zeke é o rei dos exageros. Emma é a rainha.

Ele ficou sentado na cama e me observou voar em círculos por um tempo.

— Eu poderia assistir você fazer isso a noite toda!

Ele realmente faria isso. Eu caí no chão e me transformei de volta em mim. Zeke aplaudiu.

— Ainda não sou muito bom em pousar — expliquei.

— Você vai melhorar nisso.

— Zeke, você não pode dizer a ninguém que eu posso voar. Quero ficar bom primeiro, e então vou mostrar às pessoas.

— Certo. Foi difícil aprender?

— Transformar não é difícil, mas voar é. Martha me mostrou...

— Quem é Martha?

— Ninguém.

— Mas você disse que ela te mostrou.

Não podia contar a Zeke sobre Martha. Eu tive que inventar algo.

— Eu estava pensando em um filme chamado *Martha – a garota pássaro*.

— Eu nunca ouvi falar. É sobre o quê?

— É sobre uma garota chamada Martha, que é um pássaro... não é um filme muito bom. Ei, você quer jogar *Coelhos ao ataque*?

O jogo favorito de Zeke em todo o mundo é *Coelhos ao ataque*! É o jogo mais chato do mundo. Ele sabe que eu odeio jogar. Então olhou para mim, desconfiado e seus olhos foram ficando cada vez mais arregalados.

— Espere aí... Martha é a pessoa que te ensinou a voar? Martha é uma *vampira*? Martha é o morcego vampiro que mordeu você... Sim! Sim! E sim!

Ele começou a fazer polichinelos novamente. Eu o deixei fazer isso por um tempo, até ele se cansar. Eu não conseguia acreditar que Zeke descobriu. Ele me surpreende às vezes.

Tecnicamente, não contei a Zeke sobre Martha. Ele tinha adivinhado por conta própria, então eu não havia quebrado o juramento de sangue. Deve ser por isso que não explodi em chamas.

Comecei a contar a Zeke sobre Martha, como ela era e sobre o que conversamos.

— Ela tem 244 anos? — ele perguntou. — Ela parece velha?

— Não. Ela parece ter treze ou quatorze anos.

— Martha vai ser sua namorada vampira?

— Não!

Dizer "não" nunca parava o Zeke.

— Se ela for sua namorada vampira, você se casará com ela quando ficar mais velho?

— Zeke, ela não vai ser minha...

— Se você se casasse, você teria bebês vampiros? Ou seriam dois terços vampiros e um terço lobisomem e zumbis?

— Eu não vou casar...

— Você chamaria um de seus filhos de Zeke?

— Eu não vou casar com Martha! Provavelmente nunca mais a verei.

— Quando ela se tornou uma vampira?

— Em 1776 na Filadélfia. Ela conhecia Benjamin Franklin.

Os olhos de Zeke ficaram enormes e seu queixo caiu.

— BENJAMIN FRANKLIN ERA VAMPIRO?

Expliquei que não, e Zeke ficou desapontado, como eu sabia que ficaria.

— Ah, cara — ele desabafou. — Eu gostaria que ele fosse um vampiro. A história seria muito mais interessante.

— Eu sei. Então, de qualquer maneira, Martha adora música. Ela toca onze instrumentos diferentes e...

— Ei! Ela pode estar na nossa banda!

— Zeke, eu prometi que não contaria a ninguém sobre ela. Então você não pode contar a ninguém. Entendeu?

Ele bateu continência novamente.

— Ok, Bat-Tom!

— Não me chame de Bat-Tom!

7.
Banda de Cinco

No dia seguinte, pouco antes de Zeke e eu entrarmos no ônibus para ir para a escola, eu disse:

— Lembre-se, não diga a ninguém que posso me transformar em um morcego e voar.

Ele me deu um sinal de positivo, mas eu não tinha certeza se ele não contaria.

Algumas das crianças no ônibus me lançaram olhares estranhos. Achei que demoraria um pouco até que eles se acostumassem a me ver como um vambizomem. Eu esperava que eventualmente alguma outra criança fosse abduzida por alienígenas ou se transformasse em um robô ou ganhasse superpoderes e ninguém mais prestasse atenção em mim. Infelizmente, isso provavelmente não ia acontecer.

Zeke e eu caminhamos pelo corredor do ônibus em direção a Annie. Ela estava sentada com Capri Ishibashi, uma garota na minha aula de arte que é uma artista incrível.

— Ei, pessoal — Annie nos chamou. — Não se esqueça do ensaio da banda na próxima semana.

— Não vamos esquecer — respondi enquanto nos sentamos na cadeira em frente a elas.

Por alguma razão, quando Annie me pediu para cantar em sua banda, ela também pediu a metade dos outros alunos de nossa classe que participassem: Abel Sherrill na guitarra; Capri no piano; e um garoto alto e magro, com cabelos compridos, que se chamava Landon na bateria. Zeke, que não tocava nada, seria nosso assistente.

— Ei, Tom, você se transformou em um lobisomem na sexta à noite? — Capri perguntou.

Annie olhou feio para ela.

— Isso não foi legal, Capri.

— Por quê? — Capri perguntou. — Era lua cheia. Eu só estava perguntando.

— Está tudo bem — afirmei. — Sim, eu me transformei em um lobisomem.

— Posso ver você fazer isso algum dia? — Capri pediu. — Ou isso é uma coisa estranha de se perguntar?

— Sim, Capri — Annie respondeu. — É uma pergunta estranha.

— Eu também quero ver! — Zeke falou. — É tão incrível como quando você se transforma em um...

Rapidamente cortei Zeke antes que ele dissesse "morcego".

— Eu não sei quando é a próxima lua cheia.

— É em três semanas — Capri continuou. — Na terça-feira, 17 de outubro, às 18h27.

— Você pesquisou? — Annie falou.

— Talvez — Capri respondeu.

Eu acho que ela realmente queria ver eu me transformar. E eu realmente queria mudar de assunto.

— Que horas será o ensaio, Annie?

— Quatro horas.

— Nossa banda vai ser tão incrível! — Zeke comentou. Achei que ele fosse começar a fazer polichinelos, então pisei em seu pé para que não conseguisse.

— Ai!

— Desculpe, Zeke.

o o o

— Não quero problemas hoje! — gritou a Moça do Ônibus quando alguém entrou.

Eu sabia que era Tanner Gantt. Aposto que ele tinha um novo apelido para mim.

— Bom dia, Cara Bizarra!

Eu tinha razão.

Ele veio pelo corredor em nossa direção, fingindo estar com medo.

— Ooo! É melhor eu não sentar ao lado do Cara Bizarra! Ele pode me morder! Ou chupar meu sangue!

Ele tirou uma criança do assento na nossa frente.

— Ei! Eu estava sentado aí! — o garoto reclamou.

— Não mais — Tanner Gantt retrucou.

Ele se sentou e virou-se para nos encarar e pendurou seus grandes braços nas costas do assento.

— Qual foi a sensação de ser suspenso, Cara Bizarra?

Eu o ignorei.

Zeke não.

— Você deveria saber — ele falou. — Já foi suspenso um zilhão de vezes.

— Cale a boca, Zimmer-Bobão, antes que eu te cale com os meus punhos. — Tanner Gantt se virou para mim. — Então, Cara Bizarra? Comeu alguém nesse fim de semana?

— Quando você vai crescer, Tanner? — Annie perguntou.

Tanner se voltou para encará-la.

— E quando você vai...

Ele tentou pensar em algo inteligente para dizer.

— ... vai...

Ele não conseguia pensar em nada, então desistiu.

— Há algum problema aí atrás? — a Moça do Ônibus perguntou, olhando em seu espelho retrovisor.

— Não, senhora! — Tanner Gantt respondeu usando sua falsa voz simpática. — Estamos apenas falando sobre as coisas divertidas que fizemos nesse fim de semana! — Ele se voltou para mim. — Você já aprendeu a se transformar em um morcego e voar, Cara Bizarra?

— Não — menti.

— Eu sabia que você seria um vampiro meia-boca.

Queria me transformar em um morcego ali mesmo e voar ao redor do ônibus. Zeke começou a me cutucar com o cotovelo e sussurrou:

— Faça, faça, faça, faça.

— Ei? Qual será o nome da nossa banda? — Capri perguntou.

Eu realmente não queria que Capri tivesse falado nada sobre nossa banda. Esperava que Tanner Gantt não descobrisse.

— Vocês estão começando uma banda? — ele falou rindo.

— Sim. Estamos — Annie respondeu, com orgulho. — Com Tom, Abel e o Quente Cachorro, quero dizer, o Landon.

— Eu sou o assistente! — Zeke lembrou.

— Qual é o nome da sua banda? — Tanner Gantt zombou. — Os perdedores? Os Meia-boca? Os Bobões? A pior banda do mundo? A banda que é uma Droga? Garoto Bizarro e os Bizarros?

Isso durou toda a viagem de ônibus até a escola.

8.
Donuts, Formigas, Cachorros

Abel Sherrill, o garoto que usa terno e gravata na escola todos os dias, estava em nosso armário quando cheguei.

— Bom dia, Sr. Marks. Espero que seu fim de semana tenha sido maravilhoso.

Abel e Martha Livingston falavam praticamente igual. Eu queria contar a ele sobre ela, mas um juramento de sangue é um juramento de sangue.

— Foi tudo bem — respondi. — Eu fui até a casa da minha avó.

Fiquei com meus livros de ciência e história, e coloquei meus outros livros no armário. Abel havia colocado um quadro branco no qual escrevia coisas todos os dias.

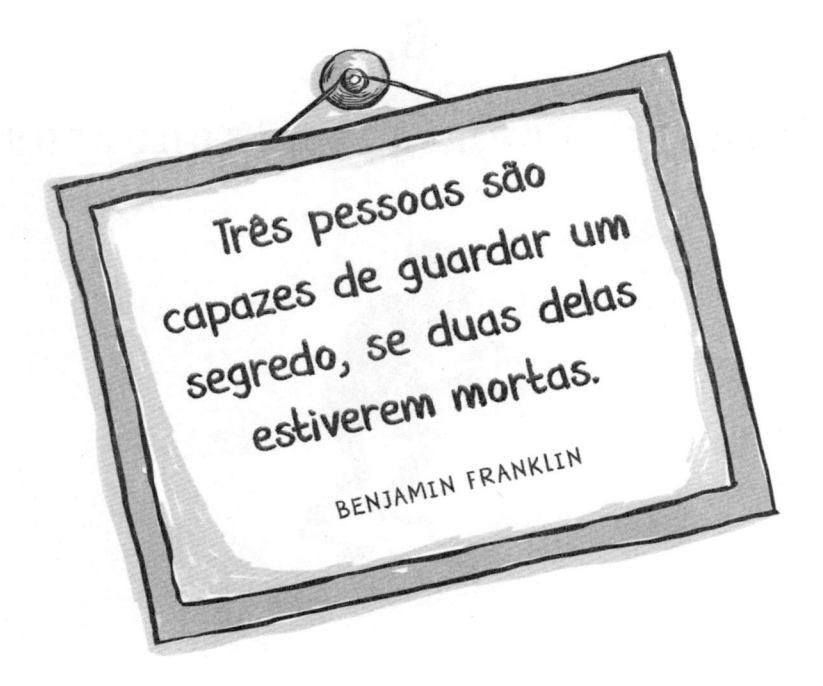

> Três pessoas são capazes de guardar um segredo, se duas delas estiverem mortas.
>
> BENJAMIN FRANKLIN

— Por que colocou isso hoje, Abel?
— Sou um grande fã de Benjamin Franklin. Um verdadeiro gênio.

Agora eu realmente queria contar a ele sobre Martha.
— Espero que não se importe de eu perguntar — disse ele enquanto colocava um livro dentro da pasta, — mas você teve sorte com a transformação e o voo?
— Não. Ainda não.
— Essas devem ser habilidades extremamente difíceis de alcançar. É uma pena que você não tenha alguém

habilidoso nessa arte para instruí-lo pessoalmente. Bem, vejo você depois.

○ ○ ○

O Sr. Prady, meu professor de Ciências, estalou os dedos para chamar a atenção de todos.

— A Feira de Ciências do sexto ano será em duas semanas, para os interessados em participar. Não é obrigatório. Você pode fazer isso sozinho ou com um parceiro.

Zeke e eu sempre fizemos nossos projetos de feiras de ciências juntos.

— Tonzão! Tenho a MELHOR ideia para o nosso projeto de ciências!

Ele diz isso todos os anos.

Nunca vencemos.

○ ○ ○

— Qual é a sua ideia este ano? — perguntei a Zeke.
— Você!
— Eu?
— Sim! O Único vambizomem do Mundo!
— Eu não quero ser um projeto de ciências.
— Eu adoraria ser um projeto de ciências! — Zeke exclamou.
— De jeito nenhum!
— Pense sobre isso. Ninguém mais terá algo tão legal. Podemos fazer gráficos e você pode ficar lá e eu vou apontar para você e dizer coisas científicas! Então, no final, você

pode se transformar em um morcego e voar pelo ginásio! Ficaríamos fácil em primeiro lugar!

Eu não tinha certeza se seria bom o suficiente para voar até lá.

— Zeke, não vou ser um projeto de ciências.

— Certo — ele suspirou. — O que vamos fazer então?

— Nada estúpido ou louco, só isso.

9.
O Conto Interminável

Assim que entrei na aula de História, lembrei que havia esquecido de fazer minha lição. Não foi minha culpa. Eu estava ocupado aprendendo a me transformar em morcego e voar naquele fim de semana.

Depois que o sinal tocou, a Sra. Troller disse:

— Bom dia, senhoras e senhores. Eu não quero que vocês entreguem sua lição hoje.

Eu queria dar a ela o prêmio de Melhor Professora de Todos os Tempos. Soltei um grande suspiro de alívio. Mas então, como toda vez que você acha que as coisas estão indo muito bem, ela continuou.

— O que eu gostaria que cada um de vocês fizesse é o seguinte: leia em voz alta para que todos possam ouvir.

Eu imediatamente tirei seu prêmio de Melhor Professora de Todos os Tempos.

— Vamos começar — ela falou.

Os professores geralmente vão em ordem alfabética, então eu sabia que a Sra. Troller não me chamaria imediatamente. Talvez eu pudesse fazer a lição enquanto ela chamava os outros.

— Além disso — continuou a Sra. Troller, — não gosto de seguir a ordem alfabética.

O quê? Adoro ir em ordem alfabética.

— Não é justo — acrescentou.

Sim, é justo!

Um garoto que eu não conhecia levantou a mão e disse:

— Eu concordo, Sra. Troller, não é justo.

— Achei que você concordaria, Sr. Aasen.

Talvez ela começasse no final do alfabeto, e Zeke teria que ir primeiro? Isso ainda me daria algum tempo.

— Sr. Marks, por que você não começa? — ela pediu.

Eu tive que ir primeiro. Não podia acreditar naquilo. Apenas fiquei lá sentado, esperando por uma simulação surpresa de incêndio, ou um terremoto, tornado, furacão, inundação, nevasca ou simulação de tempestade de neve, mas nada aconteceu.

— Sr. Marks? — ela chamou. — Você fez sua lição?

Eu me levantei. Peguei um pedaço de papel sobre o qual comecei a fazer uma lista com nomes de bandas, porque precisava de algo para fingir que estava lendo. Com sorte, a Sra. Troller não me faria entregar o papel.

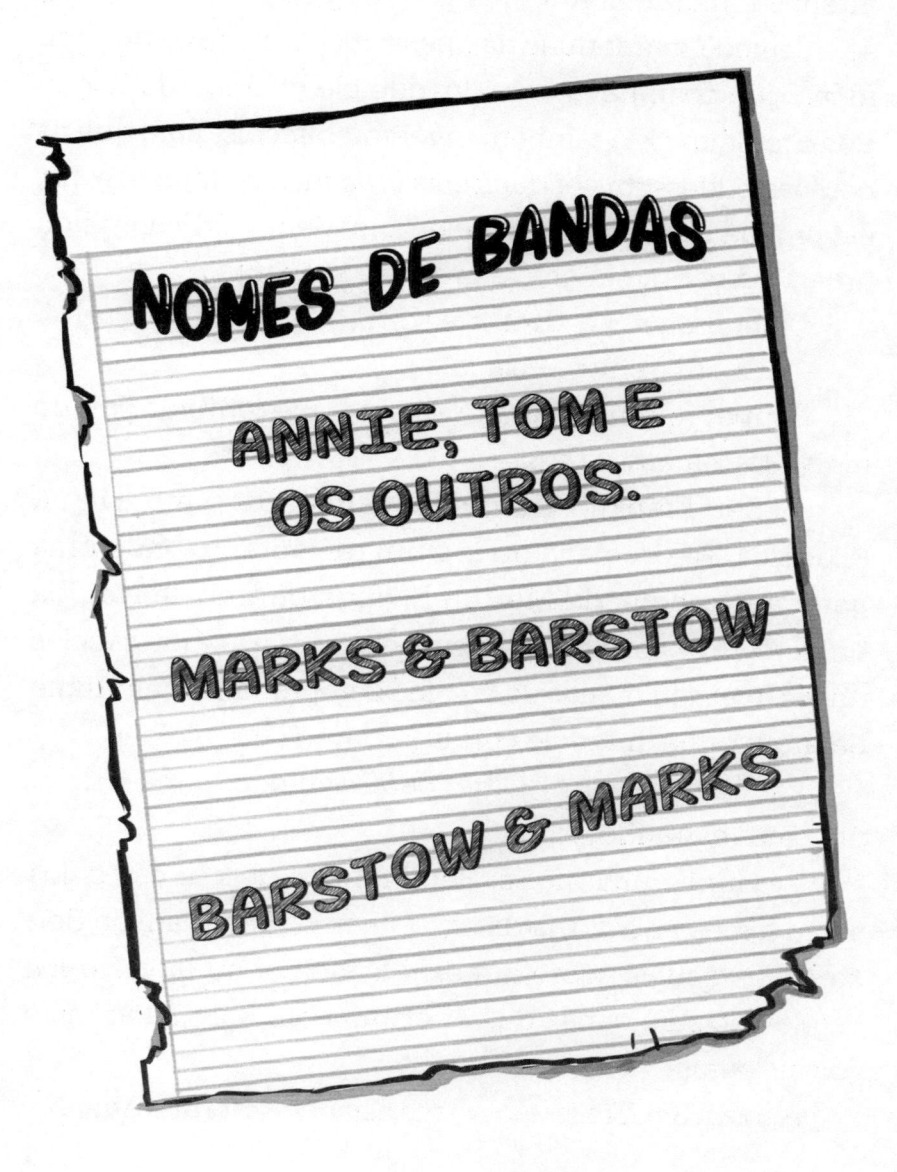

NOMES DE BANDAS

ANNIE, TOM E OS OUTROS.

MARKS & BARSTOW

BARSTOW & MARKS

Fui até a frente da sala e fingi ler. Decidi falar muito devagar, para que meu relato parecesse mais longo.

— Hoje vou falar sobre Benjamin Franklin. Ele era um homem... Ele era famoso e fez muitas coisas... Ele inventou ditados famosos como: "rês podem guardar um segredo se... se você matar duas das pessoas." E ele inventou um fogão que cozinhava comida, que ele chamou de Fogão Ben Franklin... Ele também inventou bifocais, para que as pessoas pudessem ver duas coisas ao mesmo tempo, e, hã, ele provou que o raio tinha eletricidade quando empinou uma pipa com uma chave presa ao barbante.

Olhei para a Sra. Troller e sorri.

— Vá em frente — ela falou.

Limpei minha garganta e tentei me lembrar do que mais Martha havia dito.

— Ben Franklin era um homem alto... e morava na Filadélfia. Ele gostava de ir a um restaurante onde uma garçonete chamada Martha Livingston trabalhava. Ela tinha treze anos, olhos verdes, pele clara e longos cabelos ruivos, mais ou menos do mesmo comprimento que Annie Barstow tinha antes de cortar.

Por que falei isso? Olhei para Annie, que me lançou um olhar estranho.

— Hum... uma noite, Ben Franklin deixou os óculos sobre a mesa e Martha disse: "Oh, não! Ben Franklin deixou seus óculos sobre a mesa! É melhor eu devolvê-los ou ele não será capaz de ver claramente e inventar mais coisas legais!"

Agora a Sra. Troller estava me olhando de forma estranha.

— Então, ela correu atrás dele e lhe deu os óculos. Ele deu a ela uma gorjeta de dois centavos e disse: "Obrigado, Martha. Agora posso inventar mais coisas".

— E então ela voltou para seu trabalho e pegou um atalho por um beco escuro e assustador e um homem saltou sobre ela e ela gritou.

Algumas das crianças se inclinaram para frente em suas cadeiras.

— Ben Franklin a ouviu gritar e então correu para o beco e viu que ela estava sendo atacada por...

A Sra. Troller se inclinou para a frente em sua cadeira.

— ... atacado por...

Eu não poderia dizer "vampiro". O que mais poderia ter atacado ela? Um cachorro? Um ladrão? Um fantasma? Eu olhei para Zeke. Ele fechou um dos olhos com força, então ergueu a mão e fez um gancho com o dedo.

— Um pirata! — falei. — E Ben Franklin brigou com o pirata, que tinha um gancho na mão... e Franklin atingiu o pirata com sua bengala. Então, Martha escapou. E ela viveu feliz para sempre e no dia seguinte Benjamin Franklin assinou a Declaração de Independência e a América nasceu. Fim.

Zeke bateu palmas.

Voltei para o meu lugar o mais rápido que pude e sentei-me novamente.

— Isso foi... bastante interessante, Sr. Marks, — a Sra. Troller afirmou. — Nunca ouvi a história da briga de Benjamin Franklin com o pirata. Onde você leu isso?

— Hã... Martha Livingston, a garota... ela escreveu um diário e eu li.

— Eu gostaria de ler esse diário. Você pode trazer amanhã?

— Hã... foi on-line. Vou ver se consigo encontrar de novo.

Eu poderia dizer que a Sra. Troller não acreditou em mim. Eu ia tirar um F.

— Tudo bem — ela falou. — A seguir vamos ouvir Zeke Zimmerman.

Zeke deu um pulo da mesa e praticamente correu para frente da sala.

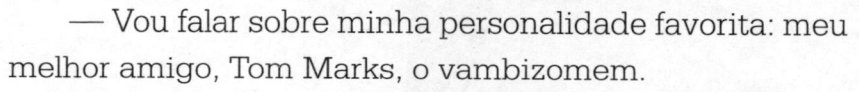

— Vou falar sobre minha personalidade favorita: meu melhor amigo, Tom Marks, o vambizomem.

Eu queria me transformar em um morcego e voar pela janela. Eu poderia ter feito isso. Mas, não fiz.

A Sra. Troller cruzou as mãos em cima da mesa.

— Zeke, a tarefa deveria ser sobre uma pessoa influente na história.

— Eu sei, mas Tom faz parte da história porque é o único vambizomem do mundo.

A Sra. Troller pensou por um segundo.

— Acredito que você tem razão. Continue.

Zeke falou sobre mim por dez minutos até que a Sra. Troller o fez parar. Fiquei pensando que ele diria que eu poderia me transformar em um morcego e voar, mas felizmente ele não fez isso.

Zeke tirou B em seu relatório.

Eu tirei C menos.

A vida é muito injusta.

10.

Obra de Arte

— Hoje vocês farão retratos uns dos outros — afirmou o Sr. Baker, meu professor de artes.

Ele nos mostrou algumas pinturas de retratos famosos. A primeira foi a Monalisa, de um cara chamado Leonardo da Vinci. Baker disse que eles o mantêm em uma caixa especial lacrada com vidro à prova de balas. Quem gostaria de atirar em uma pintura? Seria loucura.

Havia um autorretrato de uma mulher chamada Frida Kahlo que era meio assustador. Você podia ver seu coração, dentro de seu corpo, e um pequeno tubo ia para seu colo. Um pouco de sangue pingava em seu vestido. O sangue me deixou com um pouco de sede.

Gostei de uma pintura de um cara chamado Vincent van Gogh. Ele usava um chapéu peludo, fumava cachimbo e tinha um lenço branco amarrado na cabeça. Baker disse que Van Gogh era seu artista favorito.

— Van Gogh é o cara que cortou a orelha? — perguntou Elliot Freidman, um garoto com óculos de lentes grossas.

— Ai credo! — disseram algumas crianças.

— Na verdade, ele apenas cortou o lóbulo da orelha — Baker explicou.

— Por que ele fez isso? — perguntei.

— Van Gogh tinha sérios problemas de saúde mental. Às vezes, ele ficava com raiva, triste ou deprimido e não conseguia se controlar. Ele trabalhou muito durante sua curta vida, produzindo mais de duas mil obras de arte. Infelizmente, vendeu apenas algumas pinturas quando estava vivo. Hoje ele é considerado um dos maiores artistas de todos os tempos e sua arte está em museus famosos ao redor do mundo. Uma de suas pinturas foi vendida por mais de 82 milhões de dólares.

Lamentei que Van Gogh nunca soube que ficou famoso. Eu gostaria que existissem máquinas do tempo, então eu poderia voltar e contar a ele.

— *Sr. Van Gogh?*

— *Ya?*

— *Você fala inglês?*

— *Sim. Falo holandês, francês e inglês.*

— *Meu nome é Tom Marks. Eu vim do futuro nesta Máquina do Tempo. Queria lhe dizer para não ficar triste e deprimido porque ninguém quer comprar seus quadros. Você vai ser superfamoso. Suas pinturas estarão em museus, milhões de pessoas vão adorar sua arte e uma de suas pinturas será vendida por 82 milhões de dólares.*

Para provar isso, eu levaria um tablet e mostraria a ele fotos de suas pinturas em museus. Aposto que ele ficaria surpreso.

— *Isso... é inacreditável! Quando isso vai acontecer?*

— *Em cerca de 130 anos.*

— 130 anos?! Eu estarei morto há muito tempo! Quero ser rico e famoso agora! Leve-me para o futuro em sua Máquina do Tempo!

— Desculpe, eu não posso. Só tem um lugar.

— Agora estou ainda mais triste e deprimido!

— Posso comprar uma de suas pinturas, Sr. Van Gogh?

— Sim... acho que sim.

— Quanto custa aquele com as flores do sol?

— 82 milhões de dólares.

— O quê? Eu não tenho isso. Sou apenas uma criança.

— Bem, esse é o preço! Volte para o futuro e me deixe em paz!

Talvez seja melhor que não tenhamos máquinas do tempo.

Então, o Sr. Baker disse:

— Por mais triste que seja sua história, Van Gogh nos deixou muitas obras de arte maravilhosas. Então, vamos honrar sua memória fazendo nossas próprias obras de arte.

Todo mundo queria que Capri fizesse seu retrato, porque ela é a melhor artista da classe, mas ela disse que queria me desenhar. Acho que tive sorte pela primeira vez. Ninguém queria que eu desenhasse o retrato deles porque todos sabem que sou o pior artista da classe. Acabei desenhando Elliot. Fiz rápido, porque queria que Capri tivesse muito tempo para me desenhar. Ele não gostou.

— Isso não se parece comigo! Parece meu pai!

— Bem, dê ao seu pai no aniversário dele ou no Dia dos Pais.

Como sou um terço vampiro, não consigo me ver no espelho. Vejo apenas embaçado. Os vampiros não tem reflexo por algum motivo. E você também não pode tirar uma foto de um vampiro. Deveria ter perguntado a Martha por quê.

De qualquer forma, não tinha ideia de como era minha aparência desde que me tornei um vambizomem, mas agora teria.

Capri começou a me desenhar com seu lápis.

— Faça super-realista — pedi.

— Tudo bem — Capri concordou.

— Quero saber exatamente como é o meu rosto.

— Entendi.

— E use alguns lápis de cor, para que eu possa ver como é a minha pele.

— Pode deixar!

— E mostre minhas presas e faça minhas orelhas direito.

Sem motivo algum, ela começou a gritar comigo.

— Pare de falar e fique quieto! Eu não posso desenhar se você falar o tempo todo!

Capri é uma artista muito temperamental.

Eu sentei lá e comecei a pensar. *Foi uma boa ideia? Eu realmente queria saber como eu era? E se eu parecesse tão horrível e nojento quanto Emma disse que eu parecia?*

Mamãe e papai disseram que minha aparência não era ruim, mas os pais têm que dizer que seus filhos estão bem. Zeke disse que eu estava incrível, mas ele é meu melhor amigo.

— Pronto — Capri falou.

Tive um pouco de medo de olhar. Ela me entregou o retrato e eu respirei fundo. Ia ver como eu era pela primeira vez.

● ● ●

Eu definitivamente parecia um vambizomem.

Não estava tão feio quanto pensei que ficaria, mas também não estava ótimo.

— Capri, minhas presas são realmente tão grandes?

— Sim. Mas só dá pra ver quando você sorri.

— E minha pele é dessa cor?

— Bem, eu não tinha o tom exato de lápis cinza-esverdeado que precisava.

Olhei mais de perto.

— Meu cabelo é tão grosso assim e fica todo bagunçado?

— Sim. Mas você poderia pentear.

Ela tinha razão. Eu poderia fazer isso.

— Meus olhos são meio lacrimejantes?

— Um pouco. Mas você só percebe se chegar bem perto.

— E minhas orelhas são tão pontudas?

— Eu gosto das suas orelhas. — O rosto dela ficou vermelho por algum motivo.

Comecei a pensar que talvez devesse usar aparelho. E lentes de contato. Ou uma peruca.

O Sr. Baker passou por nós.

— Muito bem, Capri. Você realmente capturou o rosto de Tom.

— Obrigada, Sr. Baker. Temos que entregá-los ou podemos levá-los para casa?

— Vocês podem levá-los para casa.

Capri estendeu o desenho para mim.

— Você quer ficar com ele?

Eu não tinha certeza se queria. Mas talvez Capri se tornasse famosa algum dia, como Van Gogh. Pode valer muito dinheiro.

— Claro — respondi. — Obrigado. Não se esqueça de assinar.

Ela assinou seu nome na parte inferior.

Olhei para o desenho novamente. Era assim que eu seria pelo resto da minha vida. Talvez fosse melhor que eu não pudesse me ver em espelhos ou fotografias.

○ ○ ○

No almoço, mostrei o desenho de Capri para Zeke e Abel, em nossa mesa de sempre no refeitório.

— Digam-me a verdade, rapazes — pedi. — É assim que eu realmente sou?

Zeke olhou para o desenho.

— Hã... bem... hum... meio que... de certa forma... talvez... Sim!

Abel coçou o queixo e disse:

— Não há dúvida alguma, Sr. Marks, é você. No entanto, é preciso lembrar, esta é a interpretação artística de Capri de seu rosto. Como ela vê você na mente dela.

Não tenho certeza do que ele quis dizer, mas ele é inteligente, então provavelmente estava certo.

11.
Aberração Tripla

Na educação física, corri usando meu chapéu, óculos escuros e protetor solar. Eu poderia correr mais rápido que todo mundo, mas nem tentei. Por que faria isso? Não queria parecer exibido.

Zeke e eu estávamos correndo um ao lado do outro quando Tanner Gantt veio correndo e disse:

— Ei, Aberração Tripla!

Aposto que ele passou todo o almoço pensando nesse nome.

Ele riu.

— Entendeu? Você é uma Aberração Tripla!
— Sim — respondi.

— Você é uma Aberração Tripla porque você é três coisas.
— Entendi! Você não tem que explicar!
— Pare de bater papo, Marks! — gritou o treinador Tinoco, do outro lado do campo.

Tanner Gantt continuou.

— Você é a Aberração Tripla porque é um vampiro, um lobisomem e um zumbi.

— Eu sei o que sou, seu *#&+@!

E então eu disse uma palavra que não tenho permissão para dizer na escola. Ou em minha casa. Papai pode. Vovó diz isso às vezes. Emma fala para mim, mas ela sempre toma cuidado para que mamãe e papai não a ouçam.

— Treinador! — Tanner Gantt gritou. — Você ouviu do que o Tom Marks acabou de me chamar?

— Ouvi! Mais três voltas, Marks! — o treinador gritou.

— Vejo você mais tarde, Aberração Tripla — Tanner Gantt falou enquanto corria à frente.

Corri as três voltas super-rápido. Eu não me importava se alguém me achasse exibido.

o o o

No caminho para o Coral, mostrei o desenho que Capri fez de mim para Annie.

— Uau — exclamou. — Ela é uma artista incrível. Ela deveria fazer os pôsteres para nossa banda.

— É assim que eu realmente sou? — perguntei.

Annie olhou para mim e depois de volta para o desenho.

— Não exatamente... Mas eu saberia que era você.

Eu não sabia se aquilo era bom ou ruim.

Annie me entregou o desenho.

— Então, por que Capri deu a você?

Dei de ombros.

— Não sei. Mas vou ficar com ele. Talvez ela fique famosa como Van Gogh.

— Ele é meu artista favorito — Annie afirmou.

— É mesmo? Você sabia que ele fez duas mil obras de arte, mas vendeu apenas algumas pinturas em toda a sua vida?

— Eu sei. É tão triste. E ele cortou sua orelha.

— Na verdade, cortou apenas o lóbulo da orelha.

— É mesmo? Eu não sabia disso.

Conversamos sobre Van Gogh até o Coral. Às vezes, a escola ensina coisas que você pode usar na vida.

o o o

No Coral, o Sr. Stockdale rolou até sua mesa em sua cadeira de rodas para tocar uma música para nós no computador. Ele sofreu um acidente de surf aos 25 anos e suas pernas ficaram paralisadas. Ele não consegue mais andar, mas ainda surfa e pratica remo.

— O homem que canta essa música se chama Louis Armstrong — Stockdale falou. — Alguém já ouviu falar dele?

Ninguém levantou a mão. Eu acidentalmente uivei no primeiro dia do coro e o Sr. Stockdale ficou com raiva de mim, então eu queria ficar bem com ele e levantei a mão.

— Sim, Sr. Marks?

— Louis Armstrong era um músico famoso que cantava e tocava trompete. Ele foi um dos maiores artistas de jazz de todos os tempos. Ele tocou em barcos em Nova Orleans.

O Sr. Stockdale pareceu surpreso.

— É isso mesmo. Estou muito impressionado, Sr. Marks.

Eu olhei para Annie. Ela também parecia impressionada.

— Como você sabia disso? — ele perguntou.

— Uma garota que conheci me contou. Ela o viu tocar uma vez em um barco.

— Uma garota? — o Sr. Stockdale perguntou parecendo confuso. — Quantos anos ela tinha?

Quase disse que ela tinha mais de duzentos anos, mas felizmente não disse.

— Ela tem treze anos.

— Bem, ela não poderia ter visto Louis Armstrong tocar pessoalmente. Ele morreu em 1971. A menos que ela tenha uma Máquina do Tempo.

Algumas crianças riram.

— Ah... Sim... certo. Eu quis dizer que ela viu um vídeo dele no YouTube.

O sinal tocou e fiquei feliz que isso aconteceu.

Então eu fui para casa e aconteceu a coisa mais nojenta e bizarra, daquelas que faz você querer vomitar.

12.

Crítico de Arte

Quando cheguei em casa da escola, joguei minhas coisas na mesa da cozinha. O desenho de Capri estava saindo do topo da minha mochila, e Emma o puxou para fora. Ela está sempre pegando minhas coisas.

— O que é isso? — ela exigiu saber.

— Nada, sua enxerida — respondi.

Não tentei agarrá-lo de volta porque não queria que se rasgasse ou rasgasse ao meio, caso valesse milhões algum dia.

— Você realmente fez isso? — ela disse olhando para o desenho.

Eu sabia que ela estava com ciúmes. Emma também não sabe desenhar, mas acha que sabe. Pelo menos eu sei que não sei desenhar. No verão passado, ela fez umas pinturas horríveis de flores. Mamãe disse que tínhamos que dizer a ela que eram bons, para não ferir seus sentimentos. Eu disse a mamãe que Emma não tem sentimentos.

Emma olhou para mim.

— Seus poderes de vambizomem o tornaram um bom artista?

— Talvez tenham tornado. — Tecnicamente, eu não estava mentindo. Só queria ver Emma ficar brava.

— Isso é tão injusto! — ela reclamou e jogou o desenho na mesa.

Minha mãe entrou, viu o desenho e agiu como se eu fosse o Maior Artista do Mundo.

— Tom, isso é maravilhoso. Não tinha ideia de que você poderia desenhar assim. Temos um verdadeiro artista na família.

Emma olhou para mamãe.

— Ei! E quanto a mim?

— Oh, bem, sim, claro, você também, Emma. Suas pinturas de flores eram muito... especiais.

Mamãe é a pior mentirosa do mundo.

— Ei, espere um minuto — Emma falou. — Como você se viu para desenhar isso? Você não pode ver seu reflexo no espelho.

— Certo, não fui eu que desenhei — confessei.

— Eu sabia! — Emma afirmou.

Ela estava mentindo. Ela pensou que eu tinha feito o desenho. Ela nunca se cansa de mentir?

— Foi uma garota chamada Capri que fez — expliquei.

— Ela é sua namorada? — Emma perguntou.

Eu sabia que ela ia dizer isso.

— Não!

— Então por que ela colocou um coração sobre o "I"?

Eu não tinha percebido isso. Capri sempre fez aquilo?

— É assim que ela escreve o nome — menti.

— Por que você não me pediu para desenhar seu retrato? — Emma quis saber.

Mamãe e eu nos entreolhamos.

— Bem... — mamãe começou, — talvez você possa fazer um retrato do Tom também. Tenho certeza de que ele adoraria.

Não, eu não adoraria. Mamãe estava louca. Emma me faria parecer pior do que já sou. Mamãe pegou o retrato de Capri e colocou na geladeira com alguns ímãs. Emma surtou.

— Sério? Tenho que olhar para o rosto de Tom todos os dias, não preciso de um retrato dele também. E na cozinha? É aqui que comemos!

— Você não precisa olhar, Emma — mamãe falou.

Emma resmungou algo e então disse:

— Ei? Por que você nunca colocou nenhuma das minhas pinturas de flores na geladeira?

o o o

Mais tarde naquela noite, eu estava no meu quarto quando mamãe passou com uma caixa debaixo do braço.

— Mãe, que horas é o jantar? Estou morrendo de fome!

— Seu pai vai trazer pizza. Ele estará aqui a qualquer momento. Ei, você quer usar isso no Halloween? Está novinha.

Ela ergueu a caixa. Dentro havia uma máscara e uma fantasia assustadora de Palhaço.

— Hã, talvez. Eu ainda não decidi o que vou usar. Você disse ao papai pra pedir sem alho, certo?

— Tom, ele sabe que você é parte vampiro e alérgico a alho. Ei, você poderia limpar a gaiola do Terrence?

— Ele não é meu rato. Ele é da Emma.

— Eu sei de quem ele é, Tom.

— Então por que eu tenho que limpar a gaiola?

— Porque posso sentir o cheiro daqui e parece que precisa ser limpa.

○ ○ ○

Emma tem um rato chamado Terrence. A única razão pela qual Emma tinha um rato era porque uma garota chamada Claire Devi tinha um. Emma acha que Claire é a Rainha de Tudo e ela tem que fazer tudo o que Claire fizer.

Um dia Claire estava em nossa casa e disse:

— Oh, meu Deus, Emma, você TEM que ter um rato! Eles são tão bonitinhos! Você pode colocá-los em sua mesa quando estudar! E assistir TV com eles no colo!

Emma comprou um rato naquela noite.

○ ○ ○

Emma prestou atenção em Terrence, o Rato, por cerca de três dias e então o esqueceu. Ela é a pior dona de animais de estimação. Mamãe e papai precisam lembrar Emma de alimentá-lo, dar água e limpar sua gaiola porque está cheia de cocô e xixi.

— Onde Emma está? — perguntei para a mamãe. — Por que ela mesma não pode limpar, pois é o dever dela?

— Ela está na aula de violino.

— Ela é péssima no violino.

— Por favor, não diga "péssima".

— Certo, ela é a pior violinista do mundo. Por que ainda está tendo aulas?

— Para melhorar.

— Mãe, ela nunca vai melhorar. Ela nunca pratica. Ela poderia ter aulas por um milhão de anos e ainda seria a pior violinista de todos os tempos.

Mamãe soltou um suspiro.

— Tom, apenas limpe a gaiola do Terrence.

Soltei um suspiro grande.

— Certo...

— Obrigada.

Fui limpar a gaiola de Terrence e uma coisa bizarra aconteceu, mas não posso ser totalmente culpado.

Cinco razões pelas quais não foi minha culpa
1. *Mamãe e papai não fizeram o jantar.*
2. *Emma não tinha limpado a gaiola de Terrence como deveria.*
3. *Mamãe não me deixou comer nada antes do jantar, o que deveria ser contra a lei se seu filho fosse um terço zumbi.*
4. *Papai se atrasou para trazer a pizza para casa.*
5. *Claire Devi disse a Emma para comprar um rato.*

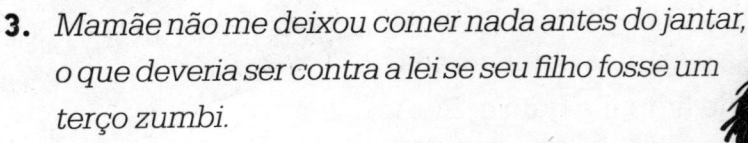

Então, lá estava eu, lá em cima no quarto de Emma, limpando a gaiola do Terrence. Ela não limpava a gaiola há um milhão de anos. A serragem estava cheia de cocô e xixi. Lamentei que Terrence vivesse nessas condições.

— Ei, Terrence — falei. — Estou limpando sua gaiola de novo porque Emma nunca limpa. Se não fosse por mim e minha mãe, você provavelmente morreria de fome.

Pensei em denunciar Emma a alguém que a multasse ou talvez até mesmo a colocasse na prisão, mas eu não sabia para quem ligar.

Tirei Terrence da gaiola e coloquei-o em uma caixa de sapatos com alguns sapatos novos que Emma acabara de comprar. Eu secretamente esperava que ele fizesse xixi ou cocô em seus sapatos. Joguei a serragem suja na lata de lixo e coloquei serragem nova e fresca. Adoro o cheiro de serragem nova. Essa é a única parte agradável de limpar a gaiola. Então, senti o cheiro de algo que cheirava ainda melhor.

Terrence.

o o o

Eu olhei para Terrence, sentado na caixa de sapatos de Emma. Ele é um ratinho gordinho e branco, com olhos castanhos e cauda rosa. Ele parecia muito fofo. Ele também parecia bem gostoso.

Lembre-se: eu não pedi para ser mordido por um zumbi. Ou um vampiro. Ou um lobisomem.

E não se esqueça de que Emma é a pessoa mais preguiçosa do mundo e não cuida de seu animal de estimação.

Se ela algum dia tiver filhos, eles vão ter que aprender a se virar sozinhos. Depois de uma ou duas semanas, ela se esquecerá de alimentá-los, dar banho ou vestir roupas ou simplesmente ficará entediada com eles. Provavelmente terei que ajudar a criá-los.

Ela dirá: "Desculpe, crianças, não posso alimentar vocês hoje, estou saindo. Vou ligar para o tio Tommy e ele vai trazer uma pizza. Mas lembre-se de que não terá alho, porque ele é um vambizomem nojento.

Pensar em pizza me deu muita fome.

E então aconteceu.

Eu não pude evitar.

Eu comi o Terrence.

13.
Comendo o Terrence

Foram apenas dois segundos. Abri a boca, joguei ele dentro e engoli inteiro. E tenho que admitir, Terrence era delicioso. Mas assim que o comi, me senti arrependido. Precisava fazer algo para que ninguém descobrisse. Especialmente Emma, então tentei bolar um plano.

Plano para ninguém descobrir que eu comi o Terrence

Eu tinha acabado de inventar o nome do plano quando ouvi a porta da frente se abrir. Era Emma.

— É melhor o jantar estar pronto, porque estou morrendo de fome! — ela gritou.

— Que tal você tentar de novo? — mamãe pediu.

— Boa noite, minha querida, doce e adorável mãe — Emma falou. — Que jantar delicioso você preparou para sua filha grata que adora você?

— Papai vai trazer pizza — mãe contou.

— Eu não quero pizza. Estou com vontade de comer sushi.

— Bem, fique com vontade de comer pizza.

Desci até o meio da escada para ouvir mamãe e Emma na cozinha.

— Como foi a aula de violino, Emma?

— Vou desistir do violino.

— O quê? Por quê?

— É tão difícil!

Emma desiste de TUDO.

Até agora, ela desistiu do seguinte:

Ballet (ela disse que os sapatos doem).

Ginástica (ela disse que o ginásio cheirava mal).

Piano (ela disse que o professor de piano cheirava mal).

Dança com fita (Ela disse que era chato. Eu poderia ter dito isso a ela.).

Harpa (Ela disse que era muito difícil).

Karatê (ela não gostou da aparência do kimono).

Dança irlandesa (ela se cansou após cinco minutos).

A porta da frente se abriu e papai finalmente entrou com o jantar.

— Pizza! Pizza! Pizza! — ele gritou.

Eu não estava mais morrendo de fome, já que tinha acabado de comer O Rato Que Não Deve Ser Nomeado, mas tinha que fingir que estava com fome.

— Pai, por que você demorou tanto? — perguntei enquanto o seguia para a cozinha.

— Vamos comer! — ele falou, ignorando minha pergunta.

Emma agarrou a caixa de pizza dele como sempre faz.

Papai levantou uma sacola amarela e disse:

— Consegui um disco do Bob Dylan para o aniversário da vó. Podemos dar a ela quando formos lá para o Dia de Ação de Graças.

Quase falei que conhecia uma garota que tinha visto um show do Dylan em Nova York. Mas, por sorte, não falei nada.

— Emma — mamãe chamou. — Agradeça ao seu irmão por limpar a gaiola do Terrence.

— Eu ia limpar assim que chegasse em casa — Emma respondeu.

É claro que a Emma não ia limpar a gaiola. Normalmente, eu diria que sempre limpava a gaiola, mesmo ele não sendo meu, mas eu não queria falar do Terrence.

— Ei, como está o Terrence? — papai perguntou.

Ninguém perguntava sobre Terrence há meses.

— Ele é tão fofo — mamãe afirmou. — Emma, lembra como você costumava colocá-lo no colo para assistir TV?

Emma só fez isso uma vez, na primeira noite em que o pegou. Terrence fez xixi nela. Ela ficou muito brava porque estava usando uma calça jeans nova. Foi muito engraçado. Ela nunca mais o colocou no colo.

— Quantos anos o Terrence tem? — papai perguntou.

— Boa pergunta — mamãe respondeu. — Há quanto tempo você o tem, Emma?

Emma encolheu os ombros.

— Eu não sei.

Por que todos estavam tão interessados em Terrence? Mas eles me deram uma ideia.

— Ele é muito velho — comentei. — Eu estava olhando para o rosto dele. Ele tem muitas rugas.

— Os ratos não têm rugas — disse Emma, que de repente se tornou uma especialista em ratos.

Eu ignorei.

— Ele teve uma vida longa e feliz. Aposto que vai pegar alguma doença em breve. Espero que não continue vivendo tanto e sofrendo. Espero que vá rápido. Você sabe, ele pode estar sofrendo agora e nós nem sabemos disso.

— Ah, meu Deus, isso é tão horrível — Emma falou.

Muffin trotou e olhou para mim. E começou a me cheirar. Acho que ele podia sentir o cheiro do Terrence, embora estivesse dentro do meu estômago.

Eu precisava começar o plano.

14.

O Plano Terrence

Meu plano era perfeito. Ninguém saberia que comi Terrence. Mas primeiro, eu tinha que fazer Emma subir e dar uma olhada na gaiola dele. Ela provavelmente não olhava lá há meses.

— Suba e olhe a cara do Terrence, agora mesmo, Emma — falei. — Ele é velho. E tem rugas.

— Não tem.

— Aposto cinco dólares que ele tem.

Ela correu escada acima.

— Não gosto de vocês dois apostando — mamãe falou.

— Eles têm que começar algum dia — papai respondeu.

— Mamãe! Papai! — Emma gritou do andar de cima. — Tom deixou a gaiola de Terrence aberta e ele fugiu!

Papai se levantou e disse:

— O jogo começou! O caso misterioso do rato desaparecido começou!

— Não se preocupe, Emma, não vamos desistir até encontrá-lo! — mamãe falou.

• • •

Procuramos por cerca de quinze minutos e então desistimos. Claro, ninguém encontrou Terrence porque ele estava no meu estômago. Nos sentamos em volta da mesa da cozinha. Parecia que éramos quatro detetives que não conseguiram resolver um caso.

Mamãe deu um tapinha na mão de Emma.

— Ele vai aparecer, Emma.

Não, ele não vai.

— Acha que o Muffin comeu ele? — Papai perguntou.

Todos olharam para o Muffin. Será que eu devia jogar a culpa nele? Muffin estava mesmo com cara de culpado.

— Aposto que sim! — concordei.

— Não — mamãe falou. — Terrence já saiu da gaiola antes e Muffin apenas ficou olhando. Ele não iria comê-lo.

Muito obrigado, mãe.

Então Emma me lançou um olhar estranho.

— Espere um minuto... Você comeu Terrence?

— O que? — respondi, o mais inocente que pude. — Você está louca?

— Emma! — mamãe exclamou.

— Você comeu ele? — Emma continuou.

— Não, eu não comi Terrence! Eca! Isso é nojento! Comer um rato? Que nojo!

Eu era muito bom em mentir. Aprendi com Emma.

— Seu grande mentiroso! — ela disse.

Aparentemente, ela não achava que eu era bom em mentir.

— Zumbis comem qualquer coisa! — ela disse. — E lobisomens comem animais! E vampiros talvez. Eu não sei, talvez eles comam também!

— Todos se acalmem — mamãe interrompeu. — Tom não comeria Terrence.

Emma parecia acreditar nela. Então, parecia que ia chorar. Ela é boa em chorar de mentira.

Ela soltou um suspiro que parecia real. Ela parecia triste. Comecei a me sentir culpado. Talvez ela gostasse mesmo de Terrence?

— Desculpe, Emma — falei. — Eu pensei ter fechado a porta da gaiola... Talvez Terrence estivesse doente e soubesse que ia morrer, então ele foi para algum lugar ficar sozinho? Aposto que foi isso que aconteceu. Acho que li em algum lugar sobre ratos fazendo isso.

Papai olhou para mim com uma expressão de *Eu não acho que ratos façam isso*.

Emma disse:

— Talvez ele tenha fugido para poder ser livre e ir viver uma vida selvagem.

Por que não pensei nisso? Essa era uma razão muito melhor do que morrer.

— Ou talvez Tom esteja certo e ele fugiu para morrer — ela continuou.

Claro, ele foi morrer no meu estômago, mas eu não ia dizer isso a ela.

— Acho que provavelmente poderia ter cuidado melhor dele — ela acrescentou. Emma nunca admite que está errada sobre nada.

Eu senti que precisava dizer algo.

— Vou comprar um rato novo para você, se quiser.

— Não, obrigada — Emma respondeu. — Eu não quero outro rato. Para ser honesta, Terrence era meio chato. Quero dizer, ele não fazia nada.

O que ela esperava que Terrence fizesse? Ser como os ratos da Cinderela e cantar canções e costurar um vestido para o grande baile?

— E ele fez xixi em mim daquela vez — ela disse.

Deixei os três na mesa e subi para o banheiro para escovar os dentes. Mas então a coisa mais Nojenta e Degradante aconteceu.

Eu arrotei.

Então comecei a tossir.

E então...

Eu vomitei o Terrence.

15.
Terrence Está Vivo!

Terrence ainda estava vivo. Eu o peguei em minha mão. Ele olhou para mim como se estivesse realmente bravo. Rapidamente o lavei na pia e corri escada abaixo para a cozinha, onde mamãe e Emma estavam sentadas. Papai estava entrando pela porta dos fundos, depois de dar uma olhada no quintal.

— Vejam! — gritei. — Encontrei o Terrence!

— O caso está resolvido! — papai falou.

Mamãe deu um pulo da cadeira.

— Oh, Terrence! Estou tão feliz em ver você!

— Onde você o encontrou? — Emma perguntou, sentada em sua cadeira e não parecendo tão feliz em vê-lo.

— No banheiro — falei. — Ele estava no armário debaixo da pia.

— Eu olhei lá — papai disse.

— Bom, hã, ele deve ser muito bom em se esconder — expliquei, e entreguei Terrence para Emma.

— Ai credo! — ela falou. — Por que ele está molhado?

— Eu não sei. Talvez haja um vazamento na pia?

Emma o segurou perto do rosto.

— Ele não tem rugas. Você me deve cinco dólares. Não tinha pensado em nossa aposta.

Então, Terrence fez cocô na mão de Emma.

Ela gritou e o deixou cair no chão. Juro que Terrence me olhou feio. Ele correu entre os pés de papai e saiu correndo pela porta traseira aberta o mais rápido que pôde. Com minha visão noturna, eu o vi correr pelo quintal para a liberdade.

Terrence havia partido.

O papai se virou para nós e disse:

— Terrence foi para a vida selvagem.

• • •

Naquela noite, eu me perguntei sobre Terrence. O que ele estava pensando quando saiu correndo de nossa casa?

16.

Zeke Quase Tem
um Ataque Cardíaco

Continuei praticando voar e pousar no meu quarto à noite durante a semana seguinte.

Na quinta-feira, depois da escola, Zeke e eu estávamos caminhando do ponto de ônibus para minha casa. Nosso primeiro ensaio da banda era em meia hora na casa de Annie. Não contei a Zeke sobre ter comido o Terrence. Foi muito constrangedor, para não dizer nojento.

— Você acha que nossa banda vai ficar famosa, Bat-Tom?

— Zeke, por favor, não me chame assim.

— Desculpe. Eu tentei, mas simplesmente não consigo evitar.

— Podemos ficar famosos — respondi. — Annie é uma ótima cantora e guitarrista. Ela disse que Abel é um guitarrista muito bom, Quente Cachorro é bom na bateria e acho que Capri tem aulas de piano clássico.

Chegamos à minha casa e minha mãe estava descarregando uma caixa de sua van na garagem.

— Oi, Sra. Marks — Zeke cumprimentou. — Precisa de alguma ajuda?

— Obrigado, Zeke, esta é a última caixa. Ei, Tom, você notou alguma coisa nova no para-choque da van?

Havia um adesivo que dizia:

MÃE ORGULHOSA do vambizomem

Mamãe sorriu.

— O papai tem um também.

Era meio que bacana e embaraçoso ao mesmo tempo.

— Também quero um! — Zeke falou.

Eu o lembrei de que não era seu filho e que ele não tinha um carro.

— Ah, sim. Certo — falou. — Espera! Já sei! Vou pegar um que diz: "Amigo orgulhoso de um vambizomem" e colocá-lo no meu skate.

— Eu pensei que tinha sido roubado? Você conseguiu de volta?

— Não. Mas se algum dia eu conseguir de volta, vou colocar.

Mamãe pegou algo na parte de trás da van.

— Zeke, encontrei algo hoje em que você pode estar interessado. — Ela puxou uma bolsa preta e longa de couro.

— Excelente! Uma grande bolsa preta! Obrigado, Sra. M, posso usar isso totalmente.

Não é preciso muito para deixar o Zeke animado.

Ela sorriu, abriu o zíper da bolsa e tirou um banjo velho e surrado.

Zeke quase teve um ataque cardíaco. Seus olhos ficaram grandes; sua boca se abriu mais do que pensei ser possível; ele começou a tremer e achei que teria que ligar para a emergência.

— UM BANJO! — ele gritou e começou a pular para cima e para baixo. Ele saltou mais alto do que eu já o tinha visto antes. Talvez ele devesse tentar jogar basquete?

Então parou de pular.

— Eu posso... posso encostar nele?

— Claro — mamãe respondeu.

Zeke estendeu a mão lentamente e o tocou com a ponta dos dedos.

— A senhora vai vender?

— Eu não vou vender, Zeke. Eu vou dar a você.

Zeke parecia que ia desmaiar.

— Sério, Sra. Marks? Sério mesmo?

— É seu, Zeke. Vamos chamar de presente de aniversário antecipado.

Zeke começou a chorar. Eu sabia que estava chorando de felicidade, mas fiquei meio envergonhado por ele. Não gosto de ver gente chorar. Especialmente quando é um amigo, ou seus pais ou qualquer pessoa idosa, ou mesmo Emma (embora ela geralmente esteja fingindo). Existem apenas cinco ocasiões em que é normal chorar. Eu fiz uma lista.

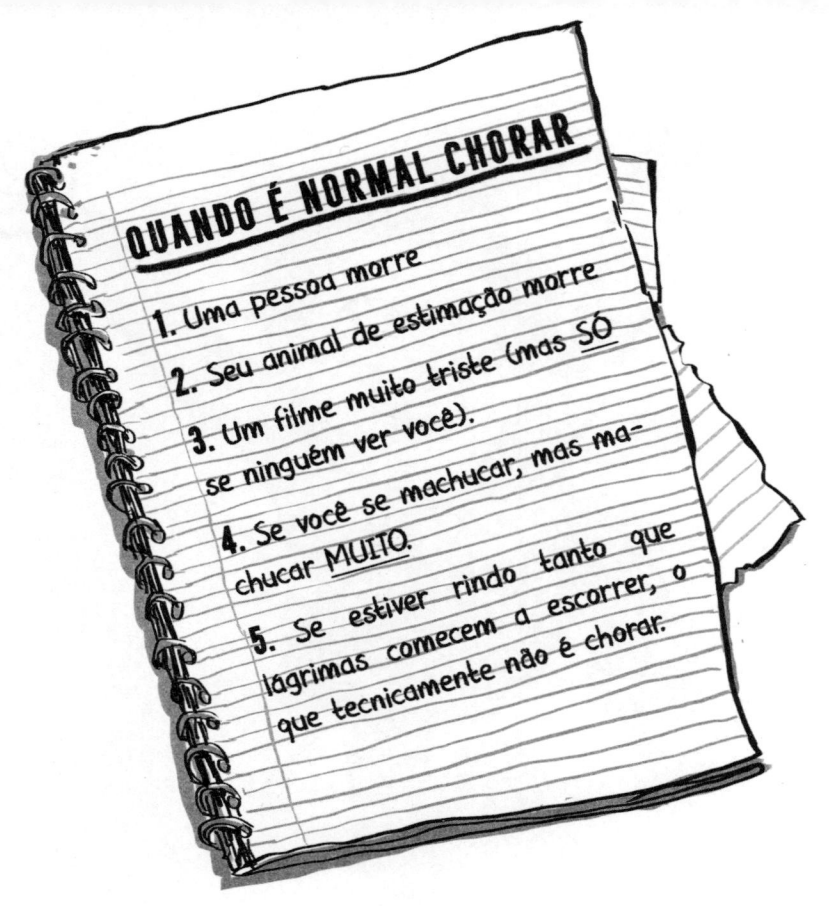

> **QUANDO É NORMAL CHORAR**
>
> 1. Uma pessoa morre
> 2. Seu animal de estimação morre
> 3. Um filme muito triste (mas SÓ se ninguém ver você).
> 4. Se você se machucar, mas machucar MUITO.
> 5. Se estiver rindo tanto que lágrimas comecem a escorrer, o que tecnicamente não é chorar.

Zeke não tinha vergonha de chorar na frente das pessoas. Ele nunca fica envergonhado de nada. Às vezes gostaria de ser mais parecido com Zeke.

Ele deu um abraço nela.

— Obrigado, Sra. Marks... Este é o melhor presente que já ganhei.

— De nada, Zeke.

— Vamos, Zeke — falei. — Temos que ir para a casa da Annie. Você pode deixar o banjo aqui.

— De jeito nenhum! Vou levar!

— Por quê? Você ainda não sabe como tocar.

— Nunca se sabe quando pode precisar de um banjo.

17.

A Banda

Zeke e eu fomos os primeiros a chegar à casa da Annie.
— Eu não sabia que você tocava banjo, Zeke — Annie falou quando abriu a porta.
— Eu não toco! — ele disse com um grande sorriso, segurando seu banjo. — Mas vou aprender.
Não conseguia ver Zeke sentado por tempo suficiente para aprender a tocar banjo.
Abel apareceu com sua guitarra e um amplificador gigante. Ele ainda estava de terno e gravata. Será que alguma vez ele já usou roupas normais? Comecei a

pegar o amplificador para levá-lo para dentro, mas Zeke me impediu.

— Ei! Eu que sou o assistente!

Eu o deixei carregá-lo e ele demorou uma eternidade. Arrumamos tudo na sala de estar da Annie. Havia um piano lá para Capri, que ainda não havia chegado. Em cima do piano tinha uma foto de Annie do ano passado, quando ela tinha cabelo comprido e não usava óculos. Eu estava olhando a foto quando ela veio até mim.

— Tom, só tenho um microfone. Teremos que compartilhá-lo, tudo bem?

— Certo. Eu não me importo.

Annie afinou seu violão e Abel viu o banjo de Zeke no sofá.

— Quem toca banjo? — ele perguntou.

— Ninguém! — Zeke respondeu alegremente. — Mas vou aprender.

— Instrumento maravilhoso. Eu toco um pouco de banjo. Posso, Sr. Zimmerman?

— Claro! — Zeke entregou a ele. Abel ajustou e começou a tocar. Ele era muito bom.

— Quantos instrumentos você toca? — perguntei.

— Eu não fiz uma contagem. Talvez seis?

— Tom conhece uma garota que toca onze instrumentos! — Zeke soltou.

Eu dei a ele um olhar bravo. Ele não viu. Ele nunca o percebe.

— Que garota? — Annie perguntou.

— Uma garota que Tom conheceu na casa da avó — Zeke contou.

— É a mesma garota que contou sobre aquele cara do jazz, Louis Armstrong? — Annie perguntou.

— Sim — respondi. — Então, que música devemos tocar primeiro?

Annie afinou seu violão novamente, embora já estivesse afinado.

— Qual é o nome dela?

— Eu esqueci.

— É Martha Livingston — Zeke falou. — E ela é...

Eu tinha que me certificar de que Zeke não dissesse "Ela é a garota morcego vampiro que mordeu Tom!".

— Ela é apenas uma garota — interrompi.

— Qual a idade dela? — Annie perguntou.

— Treze.

— Como ela é?

Por que Annie estava me fazendo todas essas perguntas?

— Não me lembro — disse.

— Eu sei! — Zeke afirmou. — Você disse que ela tem olhos verdes e cabelos ruivos, que são muito compridos, como Annie costumava ter antes de cortar. E adivinha o que mais?

Eu estava pronto para matar Zeke.

Foi quando Quente Cachorro chegou. Nunca fiquei tão feliz em vê-lo em minha vida.

— Ei, olhem! — gritei. — O Quente Cachorro está aqui!

— Não me chame mais de Quente Cachorro — ele pediu. — Me chame de Landon.

— Desculpe. É difícil lembrar. Desde a terceira série, chamamos você pelo apelido.

Ele estava carregando um tambor e um par de baquetas.

— Você quer ajuda para trazer o resto de sua bateria? — Annie perguntou.

Zeke deu um pulo.

— Eu sou o assistente! Vou pegar!

— Não. É só isso — Landon falou.

— O que você quer dizer? — Annie quis saber. — Onde está o resto de sua bateria?

Ele ergueu o tambor e as baquetas.

— Isso é tudo que eu tenho.

— Eu pensei que você tinha uma bateria com pratos e tudo mais. Você tem apenas um tambor?

— Sim.

Annie estava ficando chateada.

— Por que você não me disse que não tinha bateria?

— Você não me perguntou — Landon respondeu. — Eu estava tamborilando uma batida na minha mesa e você disse: "Você toca bateria?" E eu disse: "Sim".

— Bateria! Não tambor! Bateria! — Annie exclamou.

Landon encolheu os ombros.

— Bem, desculpe. Isso é tudo o que eu tenho.

Eu não me importava que Landon tivesse apenas um tambor.

Eu estava feliz por não estar mais falando sobre Martha Livingston.

Annie estava ficando com raiva.

— Que banda tem um baterista com apenas um tambor?

— Nossa banda! — Zeke falou. Ele é sempre otimista. Mesmo quando não faz sentido.

— Você precisa de uma bateria, Quente Cachorro! — Annie gritou.

— Meu nome é Landon!

— OK! Você precisa de uma bateria, Landon!

— Eu não tenho uma, Annie!

— Já sei! — Zeke gritou. — Podemos fazer um conjunto de bateria com latas de lixo!

— Eu não vou tocar com latas de lixo! — Landon afirmou.

Todos estavam gritando quando a porta da frente se abriu e Capri entrou.

— Desculpem, me atrasei... ei, o que está acontecendo?

— O Landon tem apenas um tambor! — Annie respondeu.

— Você tá zoando? — Capri perguntou.

— Não é minha culpa, baterias são muito caras — Landon se explicou.

— Talvez você possa pedir uma bateria de aniversário? — Abel sugeriu.

— Quando é seu aniversário? — Annie perguntou.

— 13 de março.

— Está longe demais.

— Então peça a bateria de natal — eu sugeri.

Zeke começou a pular para cima e para baixo no sofá.

— Tenho uma ideia! Tom tem uma bateria velha no sótão. Talvez você possa usar.

— Vou pedir pro meu pai — falei.

Todos se acalmaram.

A mãe de Annie apareceu segurando uma bandeja.

— Quem está com fome? Eu fiz *quesadillas*.

Comi três *quesadilhas*. A mãe de Annie

não falou nada sobre eu ser um vambizomem, o que achei ótimo.

— Sério agora, isso é importante — Zeke falou com a boca cheia. — Qual será o nome da nossa banda?

— Vai ser... *incrível*! — Capri afirmou.

— Sim, será mesmo incrível... — Annie concordou. Não, espera. Você quis dizer que o nome da banda será *Incrível*? Ou que o nome tem que ser algo incrível?

— A segunda opção. Mas Incrível é um nome ótimo. Voto pra ser *Incrível*.

Fiz que não com a cabeça.

— Não podemos usar esse. As pessoas dirão que temos que ser incríveis se nosso nome for *Incrível*. Ficaremos presos nisso.

— E Tanner Gantt zombaria de nós — Annie lembrou.

— Ele vai tirar sarro de nós de qualquer jeito, não importa como nos chamemos — apontei.

— Vamos nos chamar de Tanner Gantt! — Zeke falou. — Assim ele não pode tirar sarro de nós.

— NÃO! — todo mundo respondeu (exceto Zeke).

— Vamos apenas gritar nomes e ver o que encontramos — Annie sugeriu.

Todo mundo começou a gritar nomes diferentes.

— Os Cinco.

— O Pessoal da Música.

— Esse é o *pior* nome!

— Os Melecas.

— Não! Isso é nojento.

— A Banda Que Só Tem Um Tambor.

— Os Quesadillas.

— Não!

— Quesadillas Elétricas?

— Pare de dizer quesadilla, Zeke!

— Annie e os Outros.

— Beiersdorfer.

Capri riu.

— O que é um Beiersdorfer?

— É um cientista assustador que vive em frente à casa do Tom e queria nos transformar em robôs — Zeke explicou.

— Não, ele não queria, Zeke — falei. — Minha irmã inventou isso.

— Como está Emma? — Landon perguntou. — Ela é legal.

— Não, ela não é — afirmei.

— Vamos nos chamar de Como Está Emma?

— Não!

— Pesadelo dos Esqueletos?

— Duas meninas e três meninos.

— Isso é meio óbvio.

— Meio Óbvio é um nome legal.

— Demônios da Morte!

— Os Crânios Mortos.

— Que tal Os Alunos Do Ensino Médio?

— Esse é o pior nome de todos.

— Você disse que O Pessoal da Música era o pior nome de todos.

— E os Crânios Negros da Morte?

Todos os nomes que tinham "morte" ou "esqueleto" ou "preto" ou "caveira" ou "noite" eram de Landon.

Zeke olhou para mim.

— Que tal... Os morcegos?

— Não! — respondi.

Landon girou sua baqueta no ar e a pegou.

— Ei, Tom, você já aprendeu a se transformar em um morcego e voar?

— Não.

— Você tem que aprender a fazer isso, cara.

— Você deveria tentar fazer isso agora — Zeke falou sorrindo e acenando para mim.

Eu tinha que mudar de assunto.

— Ei, eu pensei que íamos ensaiar?

Annie se levantou.

— Tom está certo. Vamos nos preocupar com nosso nome mais tarde e tocar algumas músicas.

18.
Roupas Fazem uma Banda

Todos estão com seus instrumentos prontos para tocar.
Fiquei perto do microfone, ao lado de Annie.

— O que vamos vestir quando nos apresentarmos? — Capri perguntou enquanto se sentava ao piano.

Os olhos de Zeke brilharam.

— Devíamos usar capas!

— Não vamos usar capas, Zeke — Annie afirmou, prendendo o violão.

— Que tal moletons com capuz combinando?

— Não!

— E moletons com capuz de cores diferentes?

— Moletons bagunçam meu cabelo! — Capri explicou.

— Vamos usar jeans e camisetas — Annie falou.

— Não, eu quero usar um vestido — Capri retrucou.

— Abel, você tem calça jeans? — Landon perguntou.

— Tenho.

— Ei! — Zeke exclamou. — Por que não usamos todos ternos e gravatas, como Abel?

Eu me lembrei de algo.

— Se alguma vez tocarmos ao ar livre durante o dia, eu tenho que usar um chapéu e uma camisa de mangas compridas e óculos escuros.

Annie ergueu as mãos.

— Pessoal! Não importa o que vestimos! Importa o que tocamos. Vamos lá, isso é para ser um ensaio da banda, vamos tocar.

Landon bateu em seu único tambor.

— Que tipo de música vamos fazer?

Todo mundo começou a falar

— Rap.

— Rock!

— Eletrônica.

— Hip-hop!

— Techno!

— Metal!

— Eca! — Capri falou. Odeio metal! Quero tocar as músicas de *Frozen*.

— Se fizermos isso eu vou vomitar — Landon retrucou.

— Eu gostaria de tocar jazz — Abel afirmou. — Se for algo que seja aceito por todos.

— Jazz é difícil demais.

— E chato demais.

— Que música você quer tocar, Tom? — Annie perguntou.

— Não me importo que tipo de música a gente toque, desde que nos deixe ricos e famosos.

— É isso! — Landon concordou. — Quero uma limusine e um jatinho particular.

— Espero que você esteja brincando — Annie afirmou, parecendo séria. — Quero tocar música boa.

Eu não estava brincando, mas disse que estava.

— Bem, claro, sim, eu quero fazer música boa também. Mas por que não podemos ser ricos e famosos também?

Abel ergueu a mão.

— Eu gostaria de sugerir que tocássemos uma música que a Sra. Barstow escreveu.

Todos concordaram.

Annie puxou uma folha de caderno da caixa do violão.

— Eu escrevi uma nova música ontem à noite.

Mas então, a mãe dela enfiou a cabeça na porta.

— Ei pessoal. É hora de encerrar. Capri, seu pai está aqui.

Não tocamos uma única nota musical.

Foi o pior primeiro ensaio de banda de todos os tempos.

19.
Cientista Louco

— **N**ossa banda será incrível — Zeke falou enquanto voltávamos para minha casa.

Não se não começarmos a tocar alguma música, pensei. Mas não falei nada. Simplesmente deixei o Zeke falar durante a caminhada de três quarteirões. E ele falou sobre seu banjo, morcegos, voar, Martha Livingston, robôs e sobre seu skate roubado no ano passado.

Sempre achamos que o Tanner Gantt tinha roubado, mas nunca conseguimos provar.

Estávamos quase em casa, quando eu falei:

— Temos que decidir o que faremos para o nosso projeto de ciências.

— Ainda acho que você deveria ser nosso projeto de ciências.

— Não vou ser o projeto de ciências.

Ouvimos uma voz idosa com sotaque alemão.

— Alguém precisa fazer projeto de ciências?

Era o professor Beiersdorfer, professor de ciências aposentado que morava em frente da minha casa. Ele estava sentado em uma cadeira de balanço, em sua varanda, e vestia a roupa de sempre: suéter vermelho, camisa branca, gravata, calças pretas e botas com sola de borracha.

Zeke acenou.

— Olá, Professor Beiersdorfer.

— Ezequiel. O menino que está sempre em constante movimento. E Thomas. Como está o único Blutsauger-Lobisomem-Zumbi da nossa cidade?

— O que é um... Blutsauger? — Zeke perguntou.

— É alemão. Significa... sugador de sangue. — Ele tirou os óculos e os limpou com o lenço. — Você estava falando de um projeto de ciências, sim? Talvez eu possa ajudar. Sei uma coisa ou duas sobre ciência.

Ele riu sem abrir a boca, o que era assustador.

— Excelente! — Zeke exclamou. — Você tem algum experimento que possamos fazer com... robôs?

Lancei um olhar duro a Zeke. Nem sei mais por que me incomodo. Mesmo quando ele me vê, isso nunca o faz parar.

O professor ergueu as sobrancelhas grandes e espessas.

— Você gosta dos robôs? — Ele colocou os óculos de volta e se levantou. — Venham amanhã. Depois da escola. Trabalharemos no meu laboratório. No porão. — Ele abriu a porta da frente, que rangeu, e entrou na casa.

— Tonzão! Se ele nos ajudar, talvez possamos conseguir o primeiro lugar na Feira de Ciências!

Zeke começou a fazer polichinelos. Eu não o impedi. Desta vez, ele não estava errado.

20.
Mudando o visual

Naquela noite, eu estava esvaziando a máquina de lavar louça e pondo a mesa, enquanto Emma mexia uma grande panela de ensopado de carne. Mamãe estava na garagem, consertando um velho relógio que havia encontrado.

Papai entrou e disse:

— Contemplem... o novo e melhorado... Papai.

Emma se virou e gritou.

— Meu Deus!

Eu levantei a cabeça e não pude acreditar no que vi.

Papai tinha raspado o bigode. Ele parecia completamente diferente. Era tão estranho.

Ele abriu os braços.

— É o novo eu. Papai 2.0.

— E você fez isso... por quê? — Emma perguntou, com uma expressão chocada no rosto.

— Bem, eu estava pensando que Tom mudou de aparência. Então pensei em mudar meu visual também.

— Pai, eu não mudei meu visual de propósito. Um vampiro, um lobisomem e um zumbi mudaram meu visual.

— Eu sei. Mas você me inspirou. E eu estava ficando cansado do bigode.

Acho que papai fez isso para que eu me sentisse melhor com a minha aparência.

— E aí? O que acham?

Ele desfilou pela cozinha e fez diferentes poses como se fosse um modelo. Tenho que admitir: papai pode ser engraçado às vezes. Eu ri. Emma tentou não rir, mas sorriu.

— Os pais deveriam permanecer iguais — Emma falou.

— Onde está escrito isso? — papai perguntou. — Você mudou seu visual, Emma.

— Não mudei, não!

Esta pode ser a maior mentira que Emma já contou em sua vida. Ela muda o visual o tempo todo. Ela tinha cabelo loiro, cabelo castanho, cabelo ruivo e cabelo roxo, cabelo curto, cabelo raspado, cabelo espetado e cabelo encaracolado. Eu nem me lembro como é o cabelo verdadeiro dela.

— A mamãe gostou? — Emma perguntou.

— Eu amei! — ela afirmou, entrando da garagem. — Ele parece ainda mais bonito.

— Opa, opa! Não vamos nos empolgar — Emma interveio.

— Quem é esse homem lindo na minha cozinha? — ela perguntou, se encostando no papai.

Emma fechou os olhos.

— Pare! Ninguém quer ver ou ouvir isso.

Emma estava certa pela primeira vez. É constrangedor ver seus pais agirem assim.

Sentamos para comer e contei a eles sobre o professor Beiersdorfer se oferecendo para ajudar a mim e a Zeke em nosso projeto de ciências.

— Isso é ótimo — disse o papai.

— Você não poderia encontrar ninguém melhor — mamãe completou.

Emma empurrou um pedaço de batata pelo prato.

— Só espero que o Professor Beiersdorfer não transforme você em um robô.

Papai riu. Mamãe, não.

— Sério, Tom — Emma continuou. — Eu não entraria na casa dele se fosse você.

— Por que não? — perguntei.

— Pense só... Ele é um cientista. Você é o único vambizomem do mundo. Ele vai querer fazer experimentos com você para que possa ganhar o Prêmio Nobel de Ciência. Então vai te empalhar e colocar você em um museu.

— Emma, isso é ridículo! — mamãe gritou.

Emma tentou parecer assustadora.

— Bom, mas você vai descobrir isso... amanhã.

21.
A Casa Mal-Assombrada Perfeita

No dia seguinte, depois da escola, Zeke e eu estávamos na varanda da frente do professor Beiersdorfer. Sua casa era a mais antiga da cidade e estava precisando de uma pintura. Bati na porta.

Ouvimos passos se aproximando lá dentro. A porta pesada se abriu lentamente, fazendo o barulho de rangido mais longo de todos os tempos. O rosto enrugado do professor Beiersdorfer apareceu na escuridão.

— Guten Tag, meus colegas cientistas.

— Sua porta faz um som incrível! — Zeke afirmou.

— Sim. Preciso lubrificar as dobradiças. Está na minha lista.

— Obrigado por nos ajudar, professor Beiersdorfer — falei.

— Por favor. Me chame de Professor B. Assim, não perderemos tempo. — Ele ergueu um dedo. — "Não desperdice tempo, pois é disso que a vida é feita". Benjamin Franklin disse isso.

Zeke soltou:

— O Tom conhece uma garota que conhecia...

— Um monte de coisas sobre Ben Franklin — eu disse rapidamente. — Ela me ajudou com um relatório.

— Espero que eu possa te ajudar também. Entrem.

Entramos e Zeke fechou a porta lentamente, para que pudesse ouvir o barulho de novo. Estava escuro e sombrio lá dentro. Eu olhei para cima e vi um lustre de cristal empoeirado no teto.

Acho que havia uma teia de aranha nele. Espiamos por um longo corredor, que tinha um papel de parede que parecia ter olhinhos, olhando para você.

— Professor B, o senhor deveria fazer uma casa mal-assombrada para o Halloween! — Zeke comentou.

Tive que admitir que ele estava certo. Parecia exatamente com uma casa mal-assombrada em um dos velhos filmes de terror em preto e branco a que vovó e eu assistimos.

— Uma casa mal-assombrada? — o professor B perguntou. — Então preciso conseguir alguns fantasmas, certo?

— Sim! — Zeke concordou. — Faça uma sessão espírita ou consiga um tabuleiro Ouija!

O Professor B deu aquela risada assustadora de boca fechada novamente.

— Bem, como homens da ciência, sabemos que fantasmas não existem.

Zeke acreditava totalmente em fantasmas.

— Não existem?

— Ezequiel, meu caro, pense só em quantos celulares com câmera existem hoje no mundo. Uns sete bilhões. Por que não apareceu ainda uma única foto ou vídeo autênticos de um fantasma?

Zeke fez uma cara de que estava pensando.

— Bom... talvez seja porque, tipo, também não se pode fotografar o Tom porque ele é um terço vampiro.

O Professor B se virou para mim.

— Isso é verdade?

Concordei com a cabeça.

— Muito *interessante*. Talvez devêssemos fazer um experimento a respeito disso. Poderíamos ganhar o prêmio Nobel, hein?

Pensei no que Emma tinha falado e soltei um sorriso tenso.

— Cavalheiros, gostariam de comer alguma coisa? Eu sei que zumbis têm um apetite voraz, certo?

— Não, obrigado — falei.

Eu me certifiquei de ter comido antes de virmos.

— Venha. Vamos para o laboratório — disse o professor B enquanto caminhava pelo longo e escuro corredor. — Você tem ideia para o projeto?

— Na verdade, não — respondi.

— As ideias podem surgir a qualquer momento. Às vezes, no meio da noite, tenho uma ideia e vou para o laboratório trabalhar.

Paramos em uma porta que tinha uma grande fechadura.

— Aqui estamos.

— Você tem, tipo, coisas perigosas e secretas em seu laboratório? — Zeke perguntou.

O professor B sorriu.

— Vamos descobrir em breve.

Ele destrancou a porta com uma chave que estava pendurada em seu pescoço. Nós o seguimos por uma escada de madeira que rangia ainda mais do que a porta da frente e entramos no porão escuro.

— Tenha cuidado — ele avisou. — Não gostaria que vocês sofressem... um acidente.

Por que ele disse aquilo?

Que tipo de acidente?

— Ei! — Zeke chamou, apontando para uma pá pendurada na parede. — Essa é a pá que vimos o Professor B usar quando ele estava enterrando algo em seu quintal na noite em que testamos sua visão noturna pela primeira vez.

Por que Zeke tinha que dizer isso em voz alta?

O Professor B parecia triste.

— Sim. Tive que enterrar minha querida Gretchen.

Quem foi Gretchen?

A esposa dele? A mãe dele? Irmã dele? A namorada dele? Eu nunca tinha visto ninguém em sua casa. Ele havia assassinado Gretchen e a enterrado em seu quintal?

— Ela era minha gatinha preciosa — ele falou.

Eu me senti um pouco melhor.

Então, ele acendeu uma luz.

Era uma grande sala com piso e paredes de cimento. No meio, sob uma lâmpada pendurada, havia uma mesa longa e branca de metal, como as usadas em autópsias. Ao longo de uma parede havia prateleiras com tubos, máquinas estranhas com botões e um computador realmente antigo.

Parecia o laboratório básico de um cientista louco. Do tipo em que você tira o cérebro das pessoas e reanima cadáveres e coloca cabeças de animais no corpo das pessoas e transforma crianças em robôs.

— Isso é incrível! — Zeke exclamou.

O professor Beiersdorfer gesticulou para pilhas de livros e papéis espalhados ao redor.

— Desculpem a bagunça. — Então ele bateu na lateral de sua cabeça com o dedo. — Mas a verdadeira bagunça está aqui.

Isso significava que ele estava louco? Ou apenas tinha um cérebro bagunçado?

Ele puxou um livro de uma prateleira, soprou um pouco de poeira e começou a folhear as páginas.

— Vamos ver agora. Qual é o projeto? Algo com ácido? Nitroglicerina? Vulcões?

Olhei para o outro lado da sala e vi uma prateleira que tinha pequenas gaiolas com animais. Eu podia ouvi-los se movendo. Fui até as gaiolas para ver melhor. Ele tinha um hamster preto, um porquinho-da-índia marrom... e um camundongo que parecia muito familiar.

— Terrence?

22.
A Reunião

O rato olhou para mim. Era o Terrence. Sei que me reconheceu, pois começou a tremer e recuou para o fundo da jaula.

— Onde conseguiu o seu camundongo, professor? — perguntei.

— O Otto? É uma história bem interessante. Eu estava levando o lixo para fora e olhei para baixo. Lá estava o Otto, na calçada. Tremendo e assustado. Por quê? Não tenho ideia.

Eu sabia. Tinha engolido ele inteiro e depois vomitado. Também estaria tremendo e assustado se fosse ele. Terrence estava bem melhor vivendo aqui. Sua gaiola estava limpa, ele tinha bastante comida e água e ninguém tentaria comê-lo de novo. Além disso, Otto era um nome bem melhor que Terrence.

Só para garantir, perguntei:

— O senhor não vai fazer experimentos de tentar transformar esses animais em gigantes, né?

O professor Beiersdorfer deu uma risadinha.

— Algo como o Godzilla? — Ele balançou sua cabeça. — Não. Nada de monstros. E nada experimentos. Eles são meus amigos. Me fazem companhia enquanto eu trabalho.

Fiquei feliz em ouvir aquilo.

— Então, Thomas — disse o professor B. — Como você está lidando com a sua... condição?

— Bem.

É o que costumo dizer quando as pessoas me perguntam como estou. É a melhor coisa a dizer aos adultos, caso contrário, você pode ter uma conversa longa e chata.

— Eu disse a Tom que ele deveria ser nosso projeto de ciências — Zeke contou, pela milionésima vez.

Professor B acenou com a cabeça.

— Você seria um projeto muito interessante.

— Viu! Eu disse! — Zeke exclamou.

— Você já se transformou, Thomas? Transformou-se em morcego? Tentou voar?

— Eu tentei — respondi. Era verdade. Eu não precisava dizer a ele que consegui.

O professor B suspirou.

Zeke foi até uma caixa de madeira longa e estreita no canto

— Isto é um caixão?

Professor B riu.

— Não. É um sismógrafo. Para registrar a atividade de um terremoto. Eu te mostro.

Eu sabia que Zeke desejava que fosse um caixão. O professor B abriu a tampa, que também rangeu, e mostrou a Zeke como funcionava. Eu vi um caderno na prateleira ao lado da gaiola de Terrence. Achei que deviam ser anotações sobre um de seus experimentos. Inclinei-me para ler. Já que estava aberto, eu não estava espionando, tecnicamente falando.

> Querido Diário,
> Experiência do robô XL-5.
> Hoje vou tentar transformar um menino em um robô. Pode funcionar! Deve funcionar! Ninguém pode me impedir! Só preciso de dois meninos para começar! Talvez algumas crianças do bairro sirvam?

Pela primeira vez na vida, Emma estava certa. O professor Beiersdorfer era realmente um cientista maluco e queria transformar crianças em robôs.

— Zeke! — gritei, movendo-me em direção às escadas. — Eu... esqueci um coisa! Temos que ir!

— O quê? Temos? Por quê?

— Nós temos que ir... para... hã... aquele esquema!

— Que esquema? — Zeke apenas ficou lá parado. Ele nunca fica parado em um lugar, mas hoje, por algum motivo, ele ficou.

— A festa! — falei.

— Que festa?

— Hã... a festa de aniversário de Tanner Gantt! Vamos!

— Tanner Gantt está dando uma festa de aniversário?

Zeke estava ainda mais confuso do que de costume. Tanner Gantt nunca nos convidaria para sua festa de aniversário. Mas foi a primeira coisa em que pensei e, felizmente, Zeke acredita em quase tudo que digo a ele.

— Vocês têm que ir? — o professor B perguntou. — Tão cedo?

— Sim! Desculpe! Vamos, Zeke! Rápido!

Zeke nunca se moveu mais devagar em sua vida do que ao caminhar em direção às escadas.

— Tonzão, é tão estranho o Tanner Gantt nos convidar. Espero que tenha bolo de sorvete.

— E o projeto de ciências? — o professor B perguntou, parado ao lado da caixa de madeira que provavelmente era um caixão.

— Oh, sim, hã, tinha me esquecido — falei. — Já fiz um projeto.

— Você fez? — Zeke perguntou.

— Qual é o projeto? — o professor Beiersdorfer quis saber.

— É... hã ... é algo chamado de *As formigas podem escapar de uma fazenda de formigas*?

— Achei que você tinha dito que não queria fazer isso? — Zeke falou enquanto eu o empurrava escada acima.

— Mudei de ideia!

— Incrível!

— Obrigado de qualquer maneira, professor B! — Eu disse no topo da escada.

Empurrei Zeke pelo corredor escuro e saí pela porta da frente que rangia. Atravessamos a rua correndo até minha casa. Quando entramos, bati a porta com força.

— Não bata a porta! — papai gritou de algum lugar.

— Desculpe! — Eu gritei de volta.

Zeke e eu nos encostamos na porta da frente e recuperamos o fôlego.

— Tonzão, o que nós vamos comprar pro Tanner Gantt de aniversário?

— Zeke, não tem festa de aniversário.

— Não tem? Ah, cara.

Ele ficou desapontado, como eu sabia que ficaria. Contei a ele sobre o que li no caderno do Professor B.

— Ele realmente quer transformar a gente em robôs? — Zeke perguntou.

— Sim. Emma estava certa.

— Um exército de robôs seria incrível!

— Não se a gente fosse o exército de robôs!

— Mas e se a gente fosse, tipo, robôs legais, que pudessem disparar raios de nossos olhos e foguetes de nossa boca e ainda voar?

— Zeke, não queremos ser robôs!

— Sim, acho que a gente não quer. Devemos chamar a polícia?

— Eles não iriam acreditar na gente. Teríamos que mostrar o caderno a eles.

— Precisamos roubar o caderno então! — Zeke exclamou. — Para provar pra eles.

— Como vamos entrar no laboratório?

— Você pode se transformar em um morcego, entrar sorrateiramente e pegar.

Às vezes esqueço que posso fazer coisas assim.

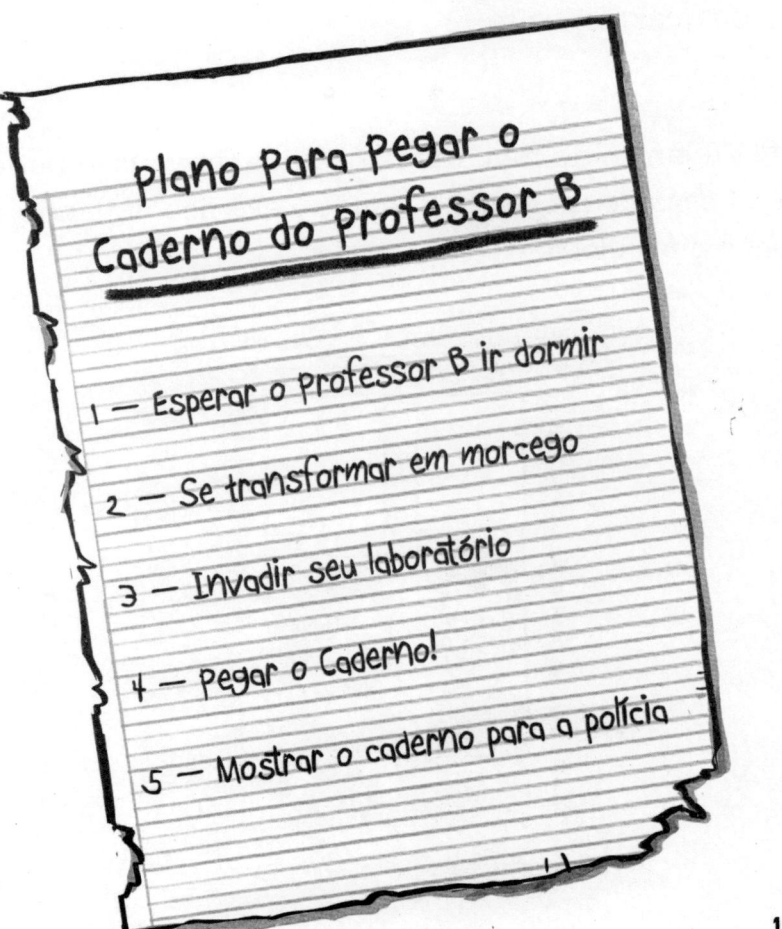

Plano para pegar o Caderno do Professor B

1 — Esperar o professor B ir dormir

2 — Se transformar em morcego

3 — Invadir seu laboratório

4 — Pegar o Caderno!

5 — Mostrar o caderno para a polícia

— Mãe, o Zeke pode dormir aqui?

Ela ergueu os olhos da velha casa de bonecas que estava pintando na garagem.

— Se está tudo bem para a mãe dele, está tudo bem para mim.

Peguei um par de binóculos da prateleira.

— Quem você vai espionar? — ela perguntou desconfiada.

— Ninguém. É para um trabalho escolar.

— Tudo bem então — ela disse.

Desde que se diga que é para a escola, dá pra convencer de qualquer coisa.

o o o

Da janela do meu quarto, temos uma visão perfeita da casa do professor B, então Zeke fica vigiando ele com o binóculo.

— O suspeito está na sala de estar, sentado em uma cadeira e lendo um livro.

— Eu sei, Zeke, também consigo ver. Tenho visão noturna.

— Certo!

— Você consegue ver que livro ele está lendo?

— Negativo. Provavelmente é sobre como transformar crianças em robôs... espere! Eu consigo ver. O suspeito está lendo... Eu não entendo. Acho que o título está em alemão.

Olhei pelo binóculo: *Charlie und die Schokoladenfabrik*.

Nós traduzimos no meu computador. *A Fantástica Fabrica de Chocolate*.

Olhamos um para o outro.

— Por que ele está lendo isso? — Zeke perguntou.

— Não sei... que bizarro.

— Você tem algum chocolate?

— Não.

— E Emma?

— Não sei.

— Sua mãe não teria um pouco na cozinha?

— Se concentra, Zeke!

○ ○ ○

Nós fingimos estar dormindo às onze horas, quando minha mãe veio nos ver. Eu sou bom nisso, mas Zeke faz o pior ronco falso de todos.

— Belo ronco, Zeke — mamãe falou.

— Obrigado, Sra. Marks! — Zeke respondeu de seu saco de dormir no chão.

— Não fique acordado até tarde. — Ela fechou a porta.

Voltamos para a janela. Às onze e quinze, o professor B bocejou, fechou seu livro e subiu as escadas. A luz se acendeu em seu quarto.

Felizmente, ele foi ao banheiro para vestir o pijama. Então foi para a cama e apagou a luz.

Zeke baixou o binóculo e se virou para mim.

— Iniciar a operação: roubar caderno.

23.
Código Vermelho

Conforme descemos as escadas e nos esgueiramos pela porta dos fundos, Zeke começou a cantar.

— Da, da, dum-dum! Da, da, dum-dum! Da...

— O que você está fazendo?!

— É nossa música tema de espionagem...

— Zeke, espiões de verdade não cantam canções temáticas.

— Eu sei. Mas nos filmes eles sempre têm músicas legais.

— Apenas fique quieto.

— Ok... — ele concordou enquanto atravessávamos a rua para a casa do Professor B.

— Você inventou essa música?

— Inventei.

— Tenho que admitir que era uma ótima música de espiões.

Primeiro tínhamos que descobrir como entrar. Demos a volta na casa, mas todas as janelas estavam bem fechadas.

— Como você vai entrar? Pela ventilação da casa?

Olhei para a porta da frente.

— Pela portinha das cartas.

Fomos em silêncio até a varanda da frente e Zeke abriu a portinha do correio na porta da frente.

— Vou entrar, descer ao laboratório e pegar o caderno — falei. — Então, vou abrir uma janela para você.

Zeke bateu continência.

Eu me certifiquei de que ninguém estava nos observando e disse:

— Vire um morcego. Morcego, eu serei.

Me transformei em um morcego, deslizei pela abertura do correio e caí no chão. O corredor parecia ainda mais assustador à noite com todas as sombras escuras.

— Boa sorte — Zeke falou, espiando pela caixa de correio. — Vou ficar de olho no suspeito lá no gramado da frente!

Eu voei pelo corredor para o laboratório trancado. Tive que me espremer por baixo da porta. Foi apertado, mas consegui.

Fui pulando escada abaixo. O laboratório no porão era como o cenário de um filme de terror, especialmente com minha visão noturna em preto e branco. Você poderia pensar que porque eu sou um monstro, bem, tecnicamente três monstros, essas coisas não seriam assustadoras. Mas tenho que admitir que são.

— Vire um humano. Humano, eu serei.

Fui até a prateleira onde tinha visto o caderno, perto da gaiola de Terrence. Ele estava dormindo e o porquinho-da-índia também. O hamster estava acordado, me observando.

O caderno não estava lá.

O professor B o escondera?

Destruiu?

Trancou em um cofre?

Se não pudéssemos pegar o caderno, as pessoas pensariam que éramos loucos. Procurei nas outras prateleiras e mesas, mas não estava em lugar nenhum. Eu estava quase desistindo quando vi a longa caixa do sismógrafo que talvez fosse um caixão. O caderno estava em cima.

Bam! Bam! Bam!

Eu me virei e vi Zeke batendo na janela.

— Bat-Tom! Código vermelho! Repito: Código Vermelho! O suspeito está acordado e em movimento! Isso não é um exercício!

Eu ouvi os passos do Professor B bem acima de mim. Ele desceu o corredor e parou na porta do laboratório. Então uma chave girou na fechadura e a porta no topo da escada se abriu. Ele estava descendo.

— Vire morcego! Morcego eu serei! — sussurrei.

Voei até a prateleira e pousei entre as gaiolas de Terrence e do porquinho. Terrence acordou, me viu e começou a fazer aqueles ruídos altos e agudos de camundongo.

— Terrence! Shh! Quieto!

Eu gostaria que Emma o tivesse treinado. É possível treinar camundongos?

A luz se acendeu e o professor B desceu as escadas rangentes. Ele estava assobiando. Era uma daquelas canções de ninar assustadoras que você ouve em filmes de terror antes de alguém ser morto.

Terrence, o rato mais intrometido do mundo, continuava gritando e enlouquecendo. O porquinho e o hamster não fizeram um barulho.

— Otto? — disse o professor B quando chegou ao pé da escada.

Ele estava caminhando bem na minha direção, então eu deslizei para trás da gaiola do porquinho, contra a parede onde estava escuro, e torci para que ele não me visse.

O Professor B se abaixou e olhou a gaiola de Otto.

— Otto? Qual o problema?

Achei que tinha duas opções:
1. *Ficar escondido e torcer para que ele não tivesse me visto.*
2. *Voar pelo laboratório, subir as escadas, descer o corredor e sair pela caixa de correio. Com sorte, ele*

pensaria que eu era um morcego de verdade que tinha entrado em seu porão.

Escolhi a opção 1. Eu me enrolei na menor bola que pude, envolvendo minhas asas em volta de mim. Fechei meus grandes olhos de morcego, para que não fossem vistos. Por que ele estava aqui? Ele deve ter tido alguma ideia científica estúpida.

Então, senti uma mão quente me envolver.

— Olá, pequeno morcego — o professor B falou, me pegando.

Tentei me esquivar, mas não consegui. Isso é o que Martha Livingston deve ter sentido quando eu a agarrei.

— Como chegou aqui? Você deve ser um morcego inteligente, certo?

Será que eu devia mordê-lo? Não. Então ele poderia se transformar em um vampiro se nosso sangue se misturasse por acidente.

Devo falar e contar a ele quem sou? Não. Ele pode ficar bravo porque eu entrei escondido em sua casa.

— Acho que vou ficar com você um pouco. Estudá-lo por alguns dias.

Ele me colocou em uma gaiola na borda da prateleira e trancou a portinha.

Eu era o morcego de estimação do Professor Beiersdorfer.

24.

A Pior Ideia de Todas

O Professor B coçou o queixo e começou a falar sozinho.
— Beiersdorfer, seu idiota, por que você desceu? — Ele bateu na testa com a mão. — Yah! Agora lembrei!

Ele foi até a caixa do sismógrafo, pegou o caderno e voltou para a escada.

— Otto e meu novo morcego. Vou chamá-lo de Max. — Ele parou no final da escada e se virou. — Ou talvez você devesse se chamar Heidi? Descobriremos amanhã.

Eu tinha que sair de lá.

Ele subiu a escada rangente, apagou a luz e ouvi a porta se fechar.

Tentei destrancar a porta da minha gaiola, mas não tinha dedos, apenas asas de morcego idiotas, que eram inúteis. Tentei usar meus pés de morcego, mas eles eram muito pequenos. Só havia uma coisa que eu podia fazer. Tinha que voltar a ser humano e sair da jaula. Não tinha ideia do que iria acontecer.

Continuei jogando meu corpo de morcego contra a lateral da gaiola para movê-la, centímetro a centímetro, em direção à borda da prateleira. A gaiola finalmente tombou para fora da borda e bateu no chão. Esperava que isso não fosse um grande erro. Fechei meus olhos.

— Vire um humano. Humano, eu serei.

BAM!

Eu virei eu de novo enquanto a gaiola se partiu e ficou em pequenos pedaços no chão. Terrence começou a enlouquecer novamente.

Destranquei a janela do porão, abri e gritei.

— Zeke! Zeke!

Ele correu e se abaixou na grama.

— Fale comigo, Tonzão!

— Ele pegou o caderno.

— Eu sei! Acabei de ver o suspeito voltar para o quarto com ele. Abortar a missão?

— Não! Eu vou subir e pegar.

Zeke bateu continência.

— Vejo você do outro lado, Bat-Tom.

o o o

Fechei e tranquei a janela do porão para que o Professor B não soubesse que alguém tinha estado lá. Então me transformei em morcego novamente. Me espremi sob a porta do laboratório no topo da escada, voei pelo corredor e subi as escadas para o segundo andar. Eu sabia qual era o quarto dele porque eu podia ouvi-lo roncar. Na verdade, parecia o ronco falso de Zeke.

Espiei pela porta aberta.

Ele estava dormindo na cama, com o caderno em uma das mãos e um lápis na outra. Deve ter adormecido enquanto escrevia. Decidi me transformar, porque não tinha certeza se conseguiria pegar o caderno com meus pés de morcego. Eu sussurrei:

— Vire um humano. Humano, eu serei.

Entrei na sala na ponta dos pés. Fui até a cama e lentamente, com muito cuidado, deslizei o caderno de sua mão. Ele parou de roncar e eu congelei. O que eu diria se ele acordasse:

Oi, Professor B. Eu posso me transformar em um morcego. Quer ver?

Felizmente, ele continuou dormindo. Fui até a janela, abri silenciosamente e joguei o caderno para Zeke, que pegou e ergueu o polegar.

Desci até a porta da frente e disse:

— Vire um morcego. Morcego eu serei.

Passei pela caixa de correio e me transformei de novo. Foi muito legal termos conseguido. Enquanto corríamos pela rua para minha casa, quase comecei a cantar a canção de espionagem do Zeke.

○ ○ ○

Fomos para o meu quarto e abri o caderno para mostrar a Zeke a página que havia lido no laboratório.

Caro diário, experimento de robô XL-5. Hoje vou tentar transformar um menino em um robô.

— Incrível! — Zeke falou. — Você acha que ele nos deixaria escolher a cor do nosso robô? Eu quero ser prata! Qual seria o nome do meu robô? Robo-Zeke? O ZekeBot? O Zekanator?

— Isso não é uma coisa boa, Zeke!

Ele virou a página e fez uma cara estranha.

— Por que aqui diz *ideias para um livro*?
— O quê?
Ele me mostrou.

IDEIAS PARA LIVRO

- Uma criança sobrevive na lua com apenas uma escova de dentes.
- Menina salva um bebê unicórnio de ser vendido para um circo em Salzburg.
- O menino troca seus pais por um videogame.
- A sereia se junta ao time de natação da escola.
- O menino pode voar.
- O cientista louco faz um biscoito gigante que ganha vida e domina o mundo.
- O cientista louco transforma dois meninos em robôs.

— É um livro — afirmei. — O professor B está escrevendo um livro sobre um cientista louco que transforma crianças em robôs. Ele não vai fazer isso de verdade.

Roubar o caderno foi a PIOR ideia que Zeke e eu já tivemos.

E agora eu tinha que colocar o caderno de volta no quarto antes que o professor B percebesse que não estava lá.

Voltamos para a casa dele. Virei um morcego, entrei pela portinha de correio, me transformei de volta, peguei o caderno de Zeke pela abertura, subi, coloquei o caderno ao lado da mão do professor B, desci as escadas, virei morcego, passei pela abertura, voltei a me transformar em gente e fui para casa.

Ser um espião na vida real é muito mais difícil do que nos filmes.

Além disso, Zeke e eu ainda tínhamos um problema.

O que fazer para nosso projeto de ciências?

25.

Voar ou Não Voar

— **S**enhoras e senhores, Tom Marks, o vambizomem! — Zeke exclamou. — Temos estudado e realizado vários experimentos com essa pessoa fascinante, que também é meu melhor amigo.

Passaram-se três dias e estávamos no ginásio. Eu estava na frente de um gráfico de papelão que mostrava fotos de diferentes tipos de comida e um morcego. Zeke estava ao meu lado, segurando um bastão. Havia projetos de ciências organizados em todo o ginásio. Annie, Abel e Landon também tinham projetos.

— Qual é a comida favorita de um vambizomem? E a bebida? — Zeke perguntou. — Depois de estudar o Tom, descobrimos que são carne e sangue.

Olhei para o Sr. Prady, que não parecia que iria nos dar o primeiro lugar. Nem mesmo o lugar trinta e um.

— Quão forte é um vambizomem? — Zeke perguntou.

Peguei Zeke e o segurei sobre minha cabeça.

— Nossa conclusão: Bem forte! — Zeke disse enquanto eu o colocava de volta no chão. — E por último, mas não menos importante: um vambizomem pode se transformar em um morcego e voar? — Zeke falou. — Vamos provar hoje, diante dos seus olhos, se isso pode acontecer ou não.

O Sr. Prady começou a parecer interessado. As outras crianças no ginásio estavam se aglomerando ao redor. Eu poderia dizer que eles estavam esperando que eu fizesse aquilo.

— Vamos descobrir! — Zeke se virou para mim. — Sr. Marks... você pode se transformar em um morcego e voar!

Eu sabia que poderia fazer aquilo. Já tinha feito muitas vezes, mas apenas sozinho ou na frente de Zeke. Olhei para cima para ver o quão alto era o teto do ginásio. Eu poderia voar em círculos algumas vezes e pousar de volta onde nosso projeto estava.

Isso poderia nos levar ao primeiro lugar.

Observei todos aqueles olhos fixos em mim. Eu vi Annie sorrindo para mim. Até Tanner Gantt, que não fez um projeto, estava parado ali com os braços cruzados, sorrindo maliciosamente.

Comecei a ficar nervoso. Eu não queria fazer uma aterrissagem forçada e todos rirem de mim. Eu balancei minha cabeça lentamente.

Zeke concordou e se virou para todos.

— E assim, nossa conclusão científica é: Negativa. Um vambizomem não pode se transformar em um morcego e voar.

Eu ouvi Tanner dizer:

— Que péssimo!

Zeke fez uma reverência. Por que ele sempre se curvava? Dava para ver que todas as crianças ficaram realmente desapontados por eu não ter voado. E o Sr. Prady também. Ele nos deu o trigésimo segundo lugar. Eu culpo Zeke por ter tido a ideia, o Professor Beiersdorfer por não nos dar uma melhor, Martha Livingston por me transformar, o lobisomem e o cara zumbi também.

○ ○ ○

Annie ficou em terceiro lugar por seu projeto "A música afeta as ondas cerebrais?" e Abel ficou em décimo lugar com "Como a água afeta o algodão, o linho e o veludo".

Até Landon conseguiu uma pontuação mais alta do que nós por seu projeto "Telecinese: é possível mover uma moeda com a mente?". Ele apenas ficou sentado ali olhando para um centavo por cinco minutos. A moeda nunca se moveu. Mas ele tinha um grande gráfico com muitas fotos e números.

Landon veio até mim, depois, no corredor.

— Posso usar a bateria do seu pai?

— Pode, Landon.

— Ei, não me chame mais de Landon, me chame de Quente Cachorro.

— O quê? Você disse para não fazer isso.

— Mudei de ideia.

— Por quê?

Naquele momento, duas meninas da oitava série passaram por nós. Elas eram bonitas, mas não pareciam legais.

— Ei, Quente Cachorro! — disse uma.

— Como vai, Quente Cachorro? — falou a outra.

Landon sorriu e disse:

— Ótimo, garotas!

As meninas saíram cobrindo a boca com as mãos e rindo.

— Viu! — ele disse, virando-se para mim. — Elas acham que Quente Cachorro é um nome legal.

— Hum... não sei não.

— Ei, você viu! Garotas da oitava série estão falando comigo!

Decidi não estragar sua ilusão.

Ele era o Quente Cachorro novamente.

o o o

Continuei praticando voo todas as noites. Eu gostaria que existissem aulas de morcego na internet. Eles têm vídeos sobre praticamente todo o resto. Mas você não pode filmar um vampiro, então não funcionaria.

Poucos dias depois da feira de ciências, cheguei em casa da escola e Emma disse que tinha um grande anúncio. Ela fez a gente se sentar na mesa da cozinha.

— O que é, Emma? — mamãe perguntou. Ela estava com o rosto preocupado.

— Lucas está vindo para estudar esta noite e ficar para o jantar.

— Vou chamar os repórteres! — papai falou. Mamãe riu. Emma, não.

— Ouçam com muito cuidado — ela falou. — Não façam perguntas estúpidas. Mãe, não mostre a ele as coisas estranhas que você vende na garagem. Pai, não tente ser engraçado. Tom, você tem que estar aqui?

— Eu moro aqui!

— Você não pode ir até a casa de Zeke? Ou ficar no seu quarto? Ou no porão?

— Não!

Ela tentou me subornar.

— Te dou cinco dólares se você for embora.

— Ah, claro! E você vai dizer que é meu presente de aniversário. De jeito nenhum!

— Dez dólares?

Eu me perguntei o quão alto ela iria. Posso ganhar muito dinheiro.

— Não! — mamãe falou. — Emma, você não vai pagar seu irmão para ir embora.

Emma deixou escapar um suspiro gigantesco.

— Tudo bem. Apareça. Diga *oi*. E depois vá embora. E, se algum de vocês o chamar de Garoto Cenoura, eu mato!

— Emma — eu a lembrei. — Foi você quem criou o nome Garoto Cenoura, quando ele cortava nossa grama.

— Isso não vem ao caso!

— Podemos chamá-lo de O Menino Que Não Deve Ser Chamado de Cenoura? — papai perguntou.

— NÃO!!!!!!

Ding-dong.

— Alguém está na porta! — papai falou.

Emma se levantou.

— Não me envergonhem!

Eu me levantei e bati continência. Papai também. Mamãe, não.

26.

O Garoto Cenoura
Encontra o vambizomem

Mamãe, papai e eu ficamos na cozinha enquanto Emma foi abrir a porta. Ela deixou o Garoto Cenoura entrar e eu pude ouvi-los sussurrando.

— Vamos falar com eles por cinco segundos e depois vamos estudar — Emma sussurrou.

— Por que estamos sussurrando? — O Garoto Cenoura perguntou.

— Porque assim o Tom não nos ouve. Ele tem superaudição.

— Legal! — o Garoto Cenoura disse.

— Não, não é! — Emma retrucou.

Papai se virou para mamãe.

— Vamos conhecer o novo e melhorado Lucas.

Ele e mamãe foram para a sala. Fiquei na cozinha ouvindo.

— Oi, Lucas — mamãe falou. — É bom ver você de novo.

— Oi, Sr. e Sra. Marks — o Garoto Cenoura respondeu.

— Quer cortar a grama pelos velhos tempos? — perguntou papai.

Eu podia sentir Emma se encolhendo, mesmo do outro cômodo.

O Garoto Cenoura riu.

— Não, Sr. Marks. Meus dias de cortar a grama acabaram. Eu descobri que sou alérgico a grama. Onde está o Tom?

— Não sei — Emma respondeu. — Vamos estudar. — Emma nunca disse isso em toda a sua vida.

— Mas eu quero conhecê-lo.

— Por quê? — ela perguntou.

— Por quê? Porque ele é incrível.

— Deixa eu te falar uma coisa. Tom não é incrível. Ele é o oposto de incrível.

Mamãe e papai saíram de perto e eu fui para a sala de estar.

— Ei — falei.

— Ei, Tom — o Garoto Cenoura respondeu. Ele se virou para Emma. — Ele não parece tão ruim, Emmers.

Emmers?

Ele se virou para mim e sorriu.

— Cara, eu pensei que você seria, tipo, sabe, estranho, um monstro esquisito, sabe o que estou dizendo? Mas está arrasando com o visual vambizomem.

Dei de ombros.

— Pois é. Emma gosta de exagerar.

— Cara! Eu sei! Ela realmente faz isso!

— Eu não! — disse Emma, a maior exageradora do mundo.

O Garoto Cenoura continuou.

— E ela inventa coisas, tipo, o tempo todo.

— Não invento, não! Vamos, temos que estudar, Lukey.

Lukey?

Se Annie Barstow decidir ser minha namorada no colégio, vou dizer a ela que não podemos nos chamar por apelidos idiotas.

Quando nos sentamos para jantar, trouxe uma tigela de cenouras para a mesa. Tive que fazer isso. Se não fizesse, teria sido a maior oportunidade perdida de todos os tempos.

— Cenoura, alguém? — perguntei.

Emma me lançou um raio laser da morte com os olhos.

— Sim! Eu amo cenouras! — o Garoto Cenoura respondeu.

Eu não conseguia acreditar que ele realmente disse aquilo. Eu vi papai morder o lábio para não rir. Até a mamãe colocou a mão na frente da boca para esconder o sorriso.

Mas tenho que admitir, o Garoto Cenoura não era tão ruim quanto pensei que seria. E ele foi a primeira pessoa que não me perguntou se eu poderia me transformar em um morcego e voar.

27.
A Hora do Lobisomem

Vocês podem ensaiar nesta sexta à noite? — Annie perguntou.

Estávamos em um encontro na banda na hora do almoço, na escola, uma semana depois do jantar com o Garoto Cenoura.

Abel, Capri, Quente Cachorro e Zeke, todos disseram sim.

— Hã... não posso — respondi.

Annie cruzou os braços.

— Por que não?

— Vai ser lua cheia
— E daí?

Será que ela se esqueceu que sou um terço lobisomem?

— Porque me transformo em lobisomem, Annie.

Ela deu de ombros.

— Eu não tenho nenhum problema com você ser um lobisomem. Precisamos praticar.

— Incrível! — Zeke falou. — Eu não vi você como um lobisomem ainda!

— Eu quero ver você virar lobisomem! — Quente Cachorro exclamou.

Abel ajeitou a gravata e enfiou o guardanapo na gola.

— Estou bastante intrigado em vê-lo em estado de lobisomem, com sua permissão, é claro.

Até agora, eu só tinha me transformado em um lobisomem completo três vezes. A primeira vez foi na minha casa, quando fiz mamãe, papai e Emma acreditarem que eu era um vambizomem. A segunda foi na noite seguinte, quando tivemos que convencer o diretor Gonzales e o prefeito Lao. E a terceira vez na noite seguinte, na casa de vó. Haveria apenas duas luas cheias em outubro, que seriam na quinta e sexta.

— Então, o que acontece exatamente? — perguntou Capri.

— Bem, eu fico muito, muito, peludo em todo o meu corpo. Minhas mãos e pés se transformam em patas. Não consigo ver meu rosto, mas meu nariz parece um focinho e meus dentes ficaram um pouco maiores. E eu uivo às vezes.

Annie franziu a testa.

— Tente não uivar quando estivermos cantando.

o o o

Na noite anterior ao ensaio da banda, eu estava na sala, no sofá, lendo nosso segundo livro de inglês. Era sobre um garoto que fica preso na floresta com uma machadinha. Eu olhei pela janela quando a lua nasceu e me transformei em um lobisomem.

— Aúúúúúúú!

— Mamãe! — Emma gritou da sala de jantar. — Diga ao Tom para parar de uivar! Estou tentando fazer a lição de casa!

— Ela não está fazendo lição de casa — gritei. — Ela está mandando mensagem para o Garoto Cenoura!

— Não o chame de Garoto Cenoura! —Emma falou.

— Tom, por favor, não uive — mamãe pediu da cozinha.

— Eu sou um lobisomem, é lua cheia, não posso evitar!

— Bem, tente não uivar tão alto — ela disse.

Tentei.

— Aúúúúúúúú!

Eu não conseguia.

Me levantei e comecei a andar para frente e para trás.

— Alguém precisa levar o menino-lobo para passear.

— Mãe, posso sair e correr um pouco? — perguntei.

Ela entrou na sala de estar.

— É muito tarde. Eu não gosto que você saia à noite sozinho.

— Sério? — Emma falou. — Ele tem garras e presas. E pode levantar um carro! Ele pode tomar conta de si mesmo.

— Tudo bem, Tom, mas vista sua jaqueta marrom.

— Estou coberto de pelos. Eu não preciso de uma jaqueta.

— Mas você fica tão bem nela.

— Mãe!

— Ok, ok, deixa pra lá.

Papai gritou da cozinha:

— Leve Muffin com você. Ele não saiu hoje.

Quando me transformei em um vambizomem, Muffin ficou com medo de mim. Mas acho que ele estava se acostumando. Na verdade, parecia que Muffin gostava mais de mim quando eu era um lobisomem.

— Vamos, Muffin.

Ele trotou e eu coloquei a coleira nele antes de sairmos pela porta da frente.

— Não coma ninguém! — Emma ironizou.

o o o

O professor Beiersdorfer estava na varanda em sua cadeira de balanço. Eu não o via desde que roubei o caderno dele.

— Olá, Thomas, você é um lobisomem esta noite, sim?

— Aúúúúúúúú! — Eu não consegui não uivar.

— Venha para perto para que eu possa ver, por favor? — ele perguntou.

Subi na varanda e ele olhou para mim.

— Muito interessante. Excelente exemplo de um licantropo.

— Um o quê? — perguntei.

— Licantropo. Outro nome para lobisomem. Do grego "lykos" para lobo e "anthropos" para homem. Então? Como foi o projeto de ciências?

— Não tão bom. Deveríamos ter usado sua ajuda.

— Ano que vem, talvez?

Eu queria perguntar a ele sobre o livro do robô, mas não podia deixá-lo saber que eu sabia sobre isso, então disse:

— Você já escreveu algum livro, professor?

— Sim. Alguns livros de ciências.

— E algum outro tipo?

Ele sorriu.

— Tentei escrever um livro para crianças. Eu costumava ver você e Ezequiel brincando de robô quando eram pequenos. Isso me deu a ideia.

Isso era verdade. Quando éramos crianças, Zeke e eu fazíamos trajes de robôs com caixas de papelão e travávamos incríveis guerras de robôs no meu gramado. Eu tenho que admitir, meio que senti falta de fazer coisas assim. Aposto que Zeke faria isso se eu pedisse a ele.

O professor B disse:

— É muito difícil escrever um bom livro infantil. Li um excelente livro de Roald Dahl para tentar aprender. *A Fantástica Fabrica de Chocolate.*

É por isso que ele estava lendo isso na outra noite!

Agora tudo fazia sentido.

— Livro de ciência é mais fácil de escrever — ele afirmou. — Então, eu desisti do livro do robô.

— Você deveria terminar, professor. Eu leria.

— Pode ser. Ou talvez eu escreva sobre o vambizomem do outro lado da rua, certo? — Ele se levantou. — Até mais, Thomas.

● ● ●

Muffin e eu caminhamos em direção ao parque. A meio quarteirão de distância, com minha visão noturna, vi Tanner Gantt sentado sozinho no balanço. Eu já o tinha visto lá antes. Inclinei meu ouvido para ouvir. Ele estava cantarolando para si mesmo. Não queria que ele me visse, então me virei e fui para o outro lado.

Começou a chover, mas não me incomodou por causa do meu pelo. Assim que entramos na casa, Emma disse:

— Ai credo! Vocês dois cheiram a cachorro molhado! Mais uma coisa nojenta que tenho que aguentar!

Eu rosnei para ela.

Muffin também.

Emma rosnou de volta.

28.
Ensaio de Lobisomem

Na noite seguinte, sexta-feira, eu já tinha me transformado em um lobisomem quando cheguei na casa de Annie para o ensaio da banda. Era estranho estar em sua sala de estar com meus amigos olhando para mim.

— Incrível! — disse Zeke, como sempre.

— Você é definitivamente um lobisomem — Annie afirmou.

— Excelente casaco de pele, Sr. Marks — Abel pontuou. — Pigmento e coloração maravilhosos.

— Coça? — Quente Cachorro perguntou.

— Não.
— Posso tocar no seu braço? — Annie pediu.
— Pode.

— Uau. Isso é muito macio.
Eu não me importava com Annie acariciando meu braço.
— Você não quer tocar, Capri? — ela perguntou.
Capri fez uma careta.
— Hã... não, obrigado. Talvez na próxima.
Todos me tocaram, exceto Capri. O que foi estranho, porque foi ela quem perguntou sobre me ver como um lobisomem.
— Você deveria ter feito um vídeo de você mesmo ficando todo peludo — Quente Cachorro falou.
— Não dá pra fazer um vídeo meu, lembra... Espere. Ei, Capri, você poderia fazer um desenho meu, para que eu saiba como fico quando sou um lobisomem?
Ela suspirou.
— Você vai me dizer como desenhá-lo?

— Não. Eu prometo.

— Não vamos ensaiar? — Annie perguntou.

— Vou apenas fazer um rápido esboço a lápis enquanto vocês configuram seus amplificadores e outras coisas — Capri explicou.

Eles montaram o equipamento e eu posei para Capri. Não disse nada o tempo todo em que ela estava desenhando, então ela não gritou comigo. Ela me entregou a foto. Annie estava certa. Eu definitivamente parecia um lobisomem. Se eu visse alguém que se parecesse comigo, provavelmente fugiria. Como Martha me disse para fazer se eu visse Darcourt, o lobisomem.

● ● ●

Annie tocou para nós uma nova música que havia escrito. Tratava-se de baleias, golfinhos ou botos. Eu não estava prestando muita atenção, porque estava olhando para o desenho de Capri do meu rosto de lobisomem.

Depois de terminar, Annie disse:

— Ok, Tom, desta vez, cante comigo no refrão.

Ela tocou a música novamente e eu comecei a cantar junto com ela.

— Aúúúúúú!

Annie parou de tocar.

— Não uive, Tom.

— Desculpe.

Nós cantamos novamente.

— Aúúúúúúúú!

— Você pode, por favor, não uivar, Tom?

— Desculpe. Não estou fazendo de propósito. Juro. Nós cantamos novamente.

— Aúúúúúúúúú!

Annie parou de tocar seu violão.

— Tom!

— Eu não consigo evitar!

— Tente!

Tentei não uivar, mas não consegui parar.

— Talvez devêssemos cantar essa música quando eu não for um lobisomem? — sugeri.

— Eu concordo — disse Annie.

— Vamos tocar algo que detone! — Quente Cachorro falou.

Ele começou a fazer a batida de "We Will Rock You" daquela antiga banda Queen.

Todo mundo bateu os pés e aplaudiu.

Assim que comecei a cantar a letra, todos se viraram e olharam para mim.

Minha voz soou incrível. Era mais profunda, rouca, mais alta e mais poderosa. Eu também parecia mais velho.

— Isso foi incrível! — Quente Cachorro falou.

— Mega incrível! — Zeke concordou.

Capri sorriu.

— Uau.

— Mudança surpreendente em sua qualidade vocal — Abel pontuou.

— Vou ter que escrever uma música para você — Annie completou.

Talvez nossa banda ficasse famosa! Talvez fizéssemos uma turnê pelo mundo todo! Com milhões de fãs!

— Você acha que é porque virou lobisomem? — Annie perguntou.

Eu não tinha pensado naquilo.

Na manhã seguinte, quando acordei, cantei no chuveiro.

Minha voz de homem mais velho, rouca, profunda e poderosa tinha sumido.

Acho que só poderia cantar daquele jeito na lua cheia. Por que nada podia ser cem por cento perfeito?

29.
O vambizomem invisível

O Halloween estava chegando e eu amo o Halloween. É um dos melhores feriados já inventados. Eu o coloco em terceiro lugar no ranking dos dez melhores feriados.

Os dez melhores feriados para Tom Marks
(E por que)

#1. Natal: ganho presentes e duas semanas de férias. Sem dúvidas, este é meu feriado favorito.

#2. Meu aniversário: presentes. Não tantos como no Natal, mas são todos para mim. (Tecnicamente não é um feriado, mas é a minha lista, então posso colocar isso aqui.)

#3. Halloween: doces grátis. Eu consigo me vestir como outra pessoa e assustar as pessoas sem me meter em problemas.

#4. Páscoa / Férias de primavera: Eu tenho uma semana inteira de folga da escola e alguns doces.

#5. Dia de Ação de Graças: é principalmente sobre comida, mas eu tenho dois dias de folga da escola.

#6. Empate entre o Dia dos Veteranos, o Dia da Memória, o Dia de Martin Luther King e o Dia do Presidente: eu ganho um dia de folga da escola para cada um deles. Eles também deveriam nos dar um dia de folga para o aniversário de Benjamin Franklin. Ele fez muitas coisas incríveis. Mas eu gostaria que ele tivesse sido um lutador melhor e tivesse batido naquele vampiro chamado Lovick Zabrecky para que ele não mordesse Martha Livingston.

#7. Dia do Trabalho: eu realmente não sei para que serve. Algo sobre pessoas que trabalham. Eu tenho um dia de folga da escola.

#8. Quatro de julho (Independência dos Estados Unidos): fogos de artifício e cachorros-quentes e hambúrgueres grelhados. É durante as férias de verão, então não estou na escola.

#9. Dia dos Namorados: alguns doces, mas não do tipo bom. Pode ser constrangedor se você não receber muitos cartões de dia dos namorados. E eu tenho que ir para a escola.

#10. Dia de St. Patrick: eu gostava quando era pequeno e nós caçávamos o tesouro do duende na escola e ganhávamos moedas de ouro de chocolate. Mamãe faz carne enlatada e repolho, que eu não gosto. Mas talvez agora eu goste, já que sou um vambizomem e gosto de qualquer tipo de carne.

Por alguma razão, eu nunca tinha me fantasiado de vampiro, lobisomem ou zumbi no Halloween quando era criança. Agora sou os três, quer eu queira ou não. Sou um personagem de Halloween todos os dias do ano.

30.

Sem Fantasia, Sem Doces

O principal motivo de eu estar ansioso para o Halloween era porque eu poderia usar uma máscara e uma fantasia e ninguém saberia quem eu era quando fosse brincar de gostosuras ou travessuras. As pessoas não apontariam para mim, olhariam ou sussurrariam: "Esse é o garoto vambizomem!"

Você não pode usar máscara na escola, então todos saberiam quem eu era lá. Decidi usar uma fantasia para ir à escola na sexta-feira e no baile naquela noite, e uma fantasia diferente, com máscara, quando fosse sair para brincar de gostosuras ou travessuras.

    Alguns garotos mais velhos acham que são legais demais para brincar de gostosuras ou travessuras. Eles são loucos! Por que você não iria querer sair e ganhar toneladas de doces grátis? Vou brincar de gostosuras ou travessuras o máximo que puder. E eu sempre vou usar uma fantasia. Me incomoda quando as pessoas não se vestem e ainda querem doces. Quando eu crescer e tiver uma casa, não vou dar nenhum doce para as pessoas se elas não estiverem bem arrumadas. Vou colocar uma placa na minha porta da frente.

Não me importo de quantos anos você tem, contanto que você esteja com uma fantasia, você ganha doces.

Eu realmente odeio aquelas camisetas que dizem "Esta é minha fantasia de Halloween". Isso não é uma fantasia. Nada de doce para quem usa isso.

E as crianças também têm que dizer "Gostosuras ou Travessuras". Eles não podem simplesmente ficar lá e segurar suas sacolas. Eu odeio quando as crianças não dizem "Gostosuras ou Travessuras".

Duas semanas antes do Halloween, eu caminhava pelo corredor para a primeira aula e pude sentir o cheiro do Tanner Gantt vindo atrás de mim. Ele tinha cheiro de Cheetos, como sempre.

— E aí, o que vai fazer pro Halloween, Cara Bizarra? Ah, sim, me esqueci, você não precisa usar máscara.

Eu não disse nada a ele. Tanner Gantt não participa do Halloween. Eu nunca o tinha visto sair e brincar de gostosuras ou travessuras. Ele fica em uma esquina e faz com que as crianças lhe deem seus doces ameaçando espancá-las, ou ele rouba doces das crianças quando elas trazem para a escola no dia seguinte.

Fui para a aula de inglês e sentei em minha cadeira longe da janela. Todos os professores me deixam sentar longe das janelas para que o sol não pegue em mim. Depois que a campainha tocou e o Sr. Kessler começou, houve um anúncio no alto-falante.

— Bom dia, aqui é o Diretor Gonzales. O Halloween está chegando e eu queria repassar as regras sobre fantasias na escola. Você pode usá-las durante o dia, quando temos nosso concurso de fantasias, e também para o baile no ginásio à noite. Essas regras estarão em um folheto enviado a seus pais.

Ele pigarreou e continuou.

— As fantasias não podem rebaixar ou zombar de qualquer grupo ou indivíduo. Sem fantasias inadequadas ou reveladoras, como pijamas curtos ou maiôs.

Quem gostaria de usar maiô para ir à escola?

— Os trajes não podem mostrar materiais obscenos ou ameaças. Sem substâncias proibidas ou parafernália. Não são permitidas máscaras.

— Buuuu — vaiou uma criança na classe.

— Quieto — o Sr. Kessler pediu.

— Maquiagem é permitida, mas nada ofensivo, e o rosto do aluno deve estar visível o tempo todo. Sem bengalas. Sem gravetos. Sem itens semelhantes a armas, e isso inclui sabres de luz, certo Cavaleiros Jedi? Eles serão confiscados. Nada de sangue em excesso.

Alguns alunos resmungaram.

— Acalmem-se — o Sr. Kessler falou.

O diretor Gonzales continuou.

— Além disso, este ano adicionamos uma nova regra.

O que mais não poderíamos fazer?

— Este ano não pode haver vampiro... nenhum lobisomem... e nada de fantasias de zumbi. Obrigada. Tenha um feliz Halloween!

A classe inteira enlouqueceu.

— Isso é péssimo!

— Eu já fiz minha fantasia de zumbi!

— Não é justo!

— Acabei de comprar um kit de maquiagem de lobisomem!

— Marks, você me deve trinta e cinco dólares!

— Minha mãe me fez uma capa de vampiro!

— Isso é inconstitucional! — (Era a Annie).

— Obrigado por arruinar o Halloween, Marks!

— Vou processar a escola!

— Parem com isso! — o Sr. Kessler ordenou. — Olhem, talvez alguns de vocês tenham que ser mais criativos este ano. Inventem algo novo e diferente, então não terei que ver os mesmos trajes que vejo todos os anos quando julgo o concurso. Pessoalmente, estou cansado de vampiros, lobisomens e zumbis. — Então ele olhou para mim e disse: — Não que tenha nada de errado com eles.

Recebi muitos olhares feios das crianças o resto do dia.

Não foi minha culpa ter sido mordido por um vampiro, um lobisomem e um zumbi. Por que ninguém entendia isso?

31.
O Problema do Coelho

Tive duas semanas para decidir o que vestiria para a escola e o que vestiria para Gostosuras ou Travessuras. E tive que lidar com a fantasia de Halloween de Zeke.

Zeke usa a mesma roupa há três anos. Ele se veste como o coelho de seu jogo de videogames favorito, que também é conhecido como o pior videogame de todos os tempos. Zeke joga todos os dias. Eu não estou brincando.

Zeke me fez comprar *Coelhos ao ataque*! antes de eu jogar. Grande erro. Joguei uma vez e foi horrível. Ele está sempre tentando me fazer jogar com ele, mas eu me recuso. Uma vez foi o suficiente. Fiquei tão bravo depois daquela vez que joguei que acabei escrevendo uma carta aos criadores do jogo.

Cara Machine-Box Games,
Coelhos ao ataque! é o pior game que já joguei. Por que vocês fariam um jogo tão chato? Quem quer um jogo em que os coelhos apenas jogam cenouras uns nos outros? Usei o dinheiro da minha mesada de três meses para comprá-lo. Eu gostaria do meu dinheiro de volta ou de um jogo melhor.
Um cliente muito insatisfeito,
Thomas Marks

Duas semanas depois, recebi uma carta deles pelo correio.

Caro Thomas Marks,
Lamentamos muito que não tenha gostado do nosso jogo! Infelizmente não podemos devolver o seu dinheiro ou enviar-lhe outro jogo, mas estamos incluindo adesivos para você.
Continue jogando!
Sra. Kristy Randall,
Atendimento ao Cliente
P.S. Experimente jogar algumas cenouras na toca do coelho.

COELHOS AO ATAQUE!

Eu dei os adesivos para Zeke. Ele adorou e colocou em seu skate, que temos 99% de certeza de que foi roubado pelo Tanner Gantt.

Eles não vendem fantasias de *Coelhos ao ataque*, porque ninguém iria comprá-las, exceto Zeke. Sua fantasia é na verdade uma fantasia de coelhinho da Páscoa. Ele adiciona uma faixa vermelha na cabeça, usa um tapa-olho e coloca um pouco de maquiagem preta no nariz. Ele tem uma bandoleira, que é um daqueles cintos com balas que as pessoas usam no peito, mas Zeke coloca cenouras no seu. Ele fica ridículo.

Quando brincamos de gostosuras ou travessuras, ninguém sabe quem ele é. Zeke tem que explicar isso em cada casa que vamos.

Então Zeke começa a contar a eles sobre o jogo. A essa altura, geralmente apenas nos dão doces e nos dizem para ir embora, para que as crianças que começaram a fazer fila atrás de nós possam pegar seus doces. Acabamos perdendo muito tempo e não indo a tantas casas e não recebendo tantos doces.

Eu iria garantir que isso não acontecesse novamente.

— Zeke, você não pode usar a mesma fantasia este ano.

— Já cuidei de tudo, Bat-Tom!

— O que você quer dizer?

Ele puxou uma foto de *Coelhos ao ataque*.

— Se as pessoas não sabem quem ele é, vou mostrar isso a elas. No verso, explica sobre ele e o jogo. Eu fiz cópias para poder distribuí-las.

Eu disse a Zeke que ele poderia usar essa fantasia na escola e no baile, se ele quisesse, mas eu recomendei fortemente que ele não fizesse isso, porque éramos mais velhos agora. Eu disse a ele que ele tinha que usar algo diferente na noite de Halloween, quando íamos brincar de gostosuras ou travessuras. Se as pessoas vissem ele vestido de coelho, saberiam que era eu que estava com ele, não importa qual fantasia e máscara eu estivesse usando.

Decidi usar a fantasia de Palhaço Assustador que mamãe achou para brincar de gostosuras ou travessuras. Aposto que muitas crianças estariam usando isso, mas eu não me importei. Tudo o que me importava era que ninguém soubesse que eu era um vambizomem.

32.
Não experimente as máscaras!

Estava na aula de artes tentando desenhar umas maçãs que o Sr. Baker arrumou em uma vasilha, mas no meu desenho elas ficaram parecendo abóboras. Talvez estivesse tentando pensar em uma fantasia de Halloween que se encaixasse nas regras idiotas da escola, mas ainda assim pudesse vencer o concurso. Olhei para o autorretrato de Vincent Van Gogh na parede e tive uma grande ideia.

PLANO DE FANTASIA PRO HALLOWEEN

- Vista-se como Vincent Van Gogh para o concurso de fantasias da escola.
- Impressione o professor de arte, Sr. Baker, por ser seu artista favorito e obtenha uma boa nota em sua aula.
- Impressione Annie vestindo-se como seu artista favorito.
- Vença o Concurso de Melhor Traje, porque o Sr. Baker é um dos jurados e o Sr. Kessler, que queria ver algo "novo e diferente", também é.
- Não parecer um vambizomem na escola, pelo menos uma vez.

○ ○ ○

Mamãe ficou animada quando contei a ela sobre minha ideia naquela noite.

— Van Gogh! Eu amei a ideia! Ele é meu artista favorito.

Ela tinha um casaco verde que parecia igual ao da pintura. Era um casaco de mulher, mas não me importei, parecia perfeito. Mais tarde naquela semana, ela encontrou um chapéu velho em uma loja de sucata e tingiu-o de azul. Colocamos um pedaço de pelos falsos azuis nele, para que se parecesse exatamente com o de Van Gogh.

Eu precisava conseguir um cachimbo e uma barba ruiva. Decidi usar barba, embora ele não tivesse barba na pintura, porque me faria parecer mais velho e ficaria mais parecido com Van Gogh.

Mamãe fez Emma me levar para a loja de Halloween naquele sábado. É uma loja gigante que vende máscaras e fantasias. Ela não ficou muito feliz com isso.

— Eu sou a motorista do Tom agora? — ela resmungou. — Por que eu tenho que levá-lo?

— Porque seria uma coisa boa de se fazer — mamãe respondeu.

— Excelente! — Emma ironizou. — Devo perguntar a todas as crianças da vizinhança se precisam de uma carona até a loja de Halloween?

— Isso seria muito bom, Emma.

— Eu estava brincando!

— Eu sei — mamãe falou, entregando as chaves do carro.

○ ○ ○

Emma reclamou o tempo todo no caminho até a loja.

— Não acredito que estou fazendo isso!

Decidi mudar de assunto.

— O que você vai ser no Halloween?

— Lucas quer que sejamos um casal disco.

— Eles provavelmente vão ter isso na loja.

— Sim, e provavelmente custará uma fortuna.

Estacionamos e caminhamos em direção à entrada da loja.

— Muito bem — Emma falou. — Você tem cinco minutos para pegar suas porcarias, então eu vou embora.

Eu poderia passar um dia inteiro naquela loja olhando tudo, mas estava com a pior pessoa para te levar em uma loja. Eles TÊM um milhões de máscaras e fantasias penduradas por todo o lugar. Entramos e Emma viu uma fantasia de Cleópatra.

— Eu ficaria tão bem com isso. E Lucas pode ser uma múmia.

Emma olhou o preço.

— Nossa, isso é muito caro! — disse a rainha das reclamações.

Eles fazem os funcionários da loja de Halloween usarem fantasias para que as pessoas queiram comprá-las. Um dos trabalhadores, um cara grande com máscara e fantasia de ninja, olhou para nós e gritou.

— Ei! Você não sabe ler, garoto?

Ele apontou para uma placa atrás do balcão.

NÃO EXPERIMENTE AS MÁSCARAS!

— Tire essa máscara agora ou você terá que comprá-la!

Comecei a dizer:

— Não é uma...

Emma me interrompeu e disse:

— Shh!

Ela se virou para o cara Ninja e deu a ele um dos olhares mais intensos que eu já vi. Era como se ela fosse cortar sua cabeça. Então, se aproximou e ficou bem perto do rosto dele.

— Não é uma máscara, seu idiota!

Eu não conseguia acreditar que ela gritou com ele. Principalmente por mim. Ela nunca faz coisas assim. O cara ficou nervoso.

— Oh. E... eu não fiz... — Ele olhou para mim. — Você é aquele garoto vambizomem?

Eu concordei.

Emma apontou o dedo a cerca de sete centímetros do rosto dele.

— Você acabou de entrar em um mundo de problemas!

— Olha, me desculpe, eu não...

— Onde está o seu gerente?

— Por favor, não chame meu gerente — ele implorou.

— Vou chamar o seu gerente!

— Não, não, não! Por favor, não!

Emma colocou as mãos no balcão de vidro e se inclinou para frente.

— Ok, Sr. Ninja... Você vai nos dar um desconto de cinquenta por cento sobre o que comprarmos hoje?

— Eu não posso fazer isso!

Ela se virou e disse:

— Onde está o gerente? Alguém pode me chamar o gerente, tipo agora?

O vendedor Ninja ficou verde.

— Está bem, está bem! Mas só posso dar um desconto de vinte e cinco por cento. Isso é o que eles dão aos funcionários.

A voz de Emma ficou baixa.

— Escute aqui... com muita atenção... Porque só vou dizer isso uma vez: você vai nos dar um desconto de cinquenta por cento ou vou ligar para o seu gerente... e o jornal... e as TVs... e a polícia... e você vai ser preso por envergonhar um vambizomem.

O cara Ninja engoliu em seco.

— Certo. Vou te dar cinquenta por cento.

Ela sorriu.

— Obrigada. Onde estão suas barbas e cachimbos?

Ele apontou e parecia que sua mão estava tremendo.

— Corredor dois.

Caminhamos pelo corredor. Dava para ver que os outros funcionários tinham medo de Emma. Eles recuaram quando passamos.

— Obrigado, Emma — agradeci.

— O quê? — ela retrucou. — Fiz isso pelo desconto na minha fantasia de Cleópatra.

Acho que ela fez isso por mim também. Às vezes Emma é legal. Mas apenas cerca de duas ou três vezes por ano.

Uma garota fantasiada de pirata tirava miolos de borracha de uma caixa e os colocava em uma prateleira.

— Com licença? — Perguntei. — Você tem barbas vermelhas?

Ela olhou para cima e disse:

— Arr, amigo! Você vai ser um velho pirata salgado? Claro, você veio ao lugar certo então, rapaz! Você vai precisar de um gancho e tapa-olho e chapéu e bainha, certo?

Dava para dizer que ela gostava de seu trabalho.

— Não — respondi. — Eu não vou ser um pirata. Vou ser Vincent van Gogh.

Sua voz mudou para o normal.

— Isso é tão incrível! Eu amo van Gogh. Ele é, tipo, meu artista favorito.

Ele parecia ser o artista favorito de muitas pessoas. A Garota Pirata encontrou para mim uma barba ruiva e um cachimbo de plástico.

— Você deve carregar um girassol também! Ele adorava girassóis.

Ela encontrou um girassol de plástico para mim.

— Certo, vamos, vamos — Emma falou impaciente.

O Sr. Ninja nos deu um desconto de cinquenta por cento. Economizamos muito dinheiro.

— Hã, desculpe por ter pensado que você estava de máscara — ele falou.

Dei de ombros.

— Tudo bem.

Quando saímos, Emma olhou feio para ele mais uma vez.

33.
Quem é você?

Finalmente chegou a sexta de manhã, o dia antes do Halloween. Decidi levar um pincel e uma paleta, aquelas coisas de madeira achatadas que os artistas usam para aplicar tinta. Emma teve um quando pensou que era uma artista por uma semana e fez aquelas pinturas de flores patéticas.

Coloquei o paletó, o chapéu, a barba e o curativo branco sobre a orelha e desci até a cozinha para mostrar a mamãe e papai. Eu não conseguia me ver no espelho, então tive que perguntar a eles como era.

Papai baixou a xícara de café quando entrei e disse:

— Não olhe agora, mas Vincent van Gogh acabou de entrar em nossa cozinha.

— Tommy, você está fantástico! — mamãe falou.

— Sério, você tem uma chance de vencer esse concurso — papai completou.

Eu sabia que mamãe e papai diriam algo assim, mas Emma me falaria se eu realmente estava parecido ou não. Isso é uma coisa em que ela é boa.

— Como estou, Emma?

Ela olhou para mim por dois segundos.

— Bom.

Esse era um grande elogio vindo de Emma. Decidi adicionar um pouco de sangue (esmalte vermelho de Emma) ao curativo. Não havia sangue na pintura de Van Gogh, mas ele se cortou, então deve ter havido um pouco de sangue. E isso fez a fantasia parecer mais com o Halloween. E talvez o Sr. Baker achasse que era mais realista e me desse o primeiro lugar no concurso.

○ ○ ○

Zeke e eu entramos no ônibus em nossas fantasias.

— Está ótimo, Ligeirinho! — a Moça do Ônibus falou. Ela me chamava de Ligeirinho por causa do dia em que corri mais rápido que o ônibus para poder pegá-lo. — Você é aquele cara, o Van Gogh, né?

Sempre soube que ela era uma pessoa inteligente.

Ela olhou para Zeke.

— Você é o coelhinho da Páscoa malvado?

— Não!

Caminhamos pelo corredor passando por crianças vestidas de Star Wars, Harry Potter e personagens de super-heróis, três piratas, duas animadoras de torcida e uma criança vestida como um pedaço de bacon. Esse me deixou com fome.

Ninguém sabia do que eu estava vestido, mas não me importei. Eu queria ver o que Annie, o Sr. Kessler e o Sr. Baker, os jurados do concurso de fantasias, diriam.

Quando vi Annie no ônibus, pensei que ela estava vestida de Abraham Lincoln. Ela usava um terno preto com um sobretudo comprido, barba e uma cartola preta e, por alguma estranha razão, segurava uma vara com uma pequena espada na ponta. Então percebi que ela tinha uma coisa na perna esquerda que parecia uma perna de madeira.

— Eu não sabia que Abraham Lincoln tinha uma perna de pau! — Zeke exclamou. — Incrível!

— Ele não tem — Annie respondeu. — Eu não sou Abraham Lincoln. Sou o capitão Ahab, de Moby Dick. Ele era o capitão de um navio baleeiro. Este é o meu arpão.

Moby Dick era um livro gigantesco que ela havia lido, embora não fosse obrigatório para a escola. Eu fiquei preocupado. Os juízes poderiam gostar mais da fantasia dela.

— Tom, sua fantasia está incrível — Annie falou.
— Obrigado.

— O que você acha da minha fantasia, Tom? — Capri perguntou.

Ela estava vestida como uma hippie, com uma camisa colorida, colete com franjas e jeans. Tinha margaridas no cabelo, uma faixa na cabeça e muitos colares. Em seu colete havia bottons que diziam "Paz" e "Amor" e "Sem aquecimento global". Os juízes poderiam gostar de sua fantasia também, porque alguns deles eram velhos e poderiam ser hippies. Ela parecia uma foto da vovó quando era adolescente.

— Capri, você parece minha avó — falei.

— O quê?

Isso não soou muito bem. Tentei dizer que era um elogio, mas ela não acreditou em mim. Só quis dizer que ela parecia uma hippie real e autêntica.

Foi quando Tanner Gantt entrou no ônibus.

O ônibus inteiro ficou em silêncio mortal.

Pela primeira vez, ele estava vestindo uma fantasia.

34.
Quebrando as Regras

Tanner Gantt usava um boné do Mundo Dino com a foto de um Tiranossauro Rex tocando uma guitarra, e onde estava escrito: "Dinossauros Detonam". Igual ao que eu usei no segundo dia de aula, depois de descobrir que era um vambizomem. Havia maquiagem branca em seu rosto, óculos de sol, presas de plástico em sua boca com sangue nas pontas, um par de luvas de lobo com garras e duas orelhas peludas. E ele ainda segurava um braço falso ensanguentado, que fingia estar comendo.

Tanner Gantt estava vestido de mim.

Tenho que admitir que era uma fantasia incrível. Ele montou tudo sozinho? Quanto dinheiro gastou? Ou ele foi à loja de Halloween e roubou?

Algumas crianças no ônibus começaram a rir e olhar para mim. Tanner Gantt caminhou pelo corredor e sorriu.

— Adivinha quem eu sou?

— Alguém estúpido! — Zeke falou.

Eu não conseguia acreditar que Zeke disse aquilo. E também não conseguia acreditar que Tanner Gantt não o socou.

— Você está certo, bobão! É alguém estúpido, e você está sentado ao lado dele!

Tanner se sentou na fileira em frente a nós.

— Não é engraçado! — Annie falou atrás de mim.

— Ah, não? Então por que todo mundo está rindo?

Ele tinha razão. Muitas crianças no ônibus estavam rindo.

— Por que você está vestida de Abe Lincoln?

— Não vou falar com você — Annie o cortou.

Tanner Gantt sorriu maliciosamente.

— Você também tem uma fantasia idiota. Mas não tão idiota quanto a sua, Zimmerman. Por que você usa essa mesma roupa ridícula de lebre todo ano?

— É um coelho, não uma lebre! — Zeke corrigiu. — Você vai ter problemas. O diretor Gonzales disse que não poderia haver vampiros, lobisomens ou zumbis!

Tanner Gantt sorriu.

— Sim. Eu sei. Mas eu não sou um vampiro ou um lobisomem ou um zumbi. Eu sou um vambizomem.

Tecnicamente, isso era verdade. Fiquei impressionado por ele ter pensado nisso. Mas eu aposto que eles ainda o fariam tirar a fantasia.

— E quem é você? Um pirata que levou um tiro na orelha?

— Ele é Vincent van Gogh — Capri explicou. — Um dos maiores artistas do mundo.

— Ele parece o maior bobão do mundo.

Não me importei com o que Tanner Gantt disse. Eu não pareceria bobão quando ganhasse o concurso.

o o o

Quando descemos do ônibus na escola, vi Abel de terno e gravata, carregando sua pasta, como sempre.

— Bom dia, Sr. Marks. Ou devo dizer, Sr. Van Gogh? Seu traje é bastante inteligente. Eu arriscaria dizer que você tem uma boa chance de vencer o concurso de fantasias.

— Obrigado. Por que você não está usando uma fantasia? Ele sorriu.

— Eu estou. — Ele puxou um par de óculos escuros de sua pasta e os colocou. Em seguida, colocou um só fone de ouvido, com um fio encaracolado que foi para o bolso. — Agente do serviço secreto. Protegendo o presidente.

Um bando de crianças se aglomerava em torno do Quente Cachorro na frente da escola. Ele estava vestido como o monstro de Frankenstein. Era uma fantasia incrível. Seu rosto estava cinza esverdeado e ele tinha uma cicatriz de aparência realista na testa e parafusos no pescoço. Ele parecia o monstro do velho filme em preto e branco que vovó e eu assistimos um milhão de vezes.

A maquiagem era boa, mas o Quente Cachorro meio que se parece com o monstro de Frankenstein de qualquer maneira. Ele tem uma cabeça grande e uma testa gigantesca. E também é alto. Quente Cachorro provavelmente ganharia o primeiro lugar no concurso. Mas talvez eu conseguisse pelo menos o segundo ou terceiro.

— Fantasia incrível de Frankenstein! — Zeke elogiou. Eu o corrigi.

— Ele é o monstro de Frankenstein, não o Frankenstein. Esse é o nome do médico. Quem fez sua maquiagem, Quente Cachorro?

— A namorada da minha mãe. Ela é maquiadora profissional — ele respondeu.

Pessoalmente, acho que isso é trapaça. Pensei em dizer algo aos juízes, mas decidi não fazer isso.

o o o

O diretor Gonzales estava parado na entrada principal, certificando-se de que todos seguissem as regras das fantasias. Eu mal podia esperar que ele visse Tanner Gantt. Não demorou muito.

— Tanner Gantt! Venha pra cá! — o Diretor Gonzales chamou assim que o viu. — Você não pode usar isso. Não são permitidas fantasias de vampiro, lobisomem ou zumbi.

Tanner Gantt olhou para mim por um segundo e sorriu.

— Mas, senhor, eu sou um vambizomem. É diferente. As regras não dizem que não podemos nos vestir como um vambizomem.

O diretor Gonzales balançou a cabeça.

— Você não pode usar isso, Tanner.

— Mas eu não quebrei as regras!

— Você está vestido como um colega estudante. — Ele puxou a folha de regras e leu. — *As fantasias não podem tirar sarro de qualquer grupo ou indivíduo.*

Eu sorri.

Então, Tanner Gantt sorriu, o que nunca é um bom sinal, e apontou para mim.

— E quanto ao Tom? Ele está quebrando as regras.

— Como? — o diretor Gonzales perguntou.

— Ele tem sangue excessivo e um cachimbo. Você não pode trazer cachimbos para a escola. — Ele apontou para a folha de regras. — Sem substâncias proibidas ou parafernália. — Então ele apontou para Annie. — E ela tem uma arma.

O diretor Gonzales olhou para nós.

— Annie, Tom e Tanner vêm comigo.

— Não é uma arma, é uma ferramenta de caça às baleias! — Annie reclamou.

— Se você for uma baleia, é uma arma — o diretor Gonzales falou.

Nós o seguimos até seu escritório. Quando passamos por Quente Cachorro, o diretor Gonzales disse:

— Grande fantasia de Frankenstein!

Eu ia corrigi-lo, mas decidi que provavelmente não deveria.

35.

A segunda ofensa

Tanner Gantt, Annie e eu nos sentamos no escritório do diretor. Foi minha segunda vez lá em dois meses. Annie não parecia muito chateada. Eu não conseguia descobrir o porquê. Havia outro garoto com uma faca falsa na cabeça e um com uma serra elétrica ensanguentada, e ainda uma garota da oitava série de pijama.

O diretor Gonzales apontou para cada um de nós.

— Quentin, livre-se da faca na sua cabeça. Gunnar, deixe a motosserra aqui. Sinclair, peça a um dos seus pais que lhe traga outras roupas. Tom, tire a bandagem e livre-se do cachimbo. Annie, deixe o arpão aqui e pegue-o depois da aula. Tanner, tire as orelhas peludas, as presas, a maquiagem branca e o chapéu... e deixe o braço falso aqui.

Todo mundo começou a fazer o que foi mandado, exceto Annie.

— Parem, rapazes! Não precisamos fazer isso — ela falou.

— Senhorita Barstow, não acho que você queira insistir nesse assunto — o diretor Gonzales afirmou.

Annie limpou a garganta.

— Nossos trajes são protegidos pela Primeira Emenda da Constituição. Liberdade de expressão.

O Diretor Gonzales suspirou.

— Annie, a Primeira Emenda não diz que você pode trazer um arpão para a escola ou ter uma bandagem ensanguentada ou se vestir como um vambizomem.

— Ah, é mesmo? — ela disse enquanto pegava um pedaço de papel, desdobrava e começava a ler em voz alta. — Tribunal de Apelações de 1993. Uma escola pública está sujeita à Primeira Emenda, que promete liberdade de expressão. As fantasias de Halloween são uma forma de expressão protegida. Você não pode ser investigado ou punido por sua escolha de roupa, mesmo que ofenda outra pessoa.

Não entendi tudo o que ela disse, mas parecia que poderíamos ficar com nossas coisas e talvez eu ainda pudesse ganhar o concurso, que é tudo o que realmente importa.

— Tudo bem — Gonzales falou. — Vocês podem ficar do jeito que estão.

— Isso! — Annie disse enquanto levantava o punho no ar.

— Mas terão que permanecer na sala de detenção hoje. E não poderão entrar no concurso.

○ ○ ○

Todos fizeram o que o diretor Gonzales pediu. Exceto Annie, que não desistia de seu arpão. Ela saiu furiosa e passou o dia inteiro na sala de detenção.

Sem a minha atadura ensanguentada e o cachimbo, eu simplesmente parecia um cara de barba ruiva com uma jaqueta verde, então nem entrei no concurso.

Quente Cachorro ficou em primeiro lugar por sua fantasia de monstro de Frankenstein.

Uma garota chamada Saria Schnell, que se vestia como um rato em uma ratoeira (ela me lembrava Terrence), ficou em segundo lugar.

Zeke ganhou o terceiro lugar. Descobrimos que o Sr. Prady, um dos juízes, era um grande fã de *Coelhos ao ataque*.

A vida é completamente injusta.

○ ○ ○

No caminho do ônibus da escola para casa, me sentei com Zeke, que estava segurando seu troféu.

— Tonzão, aposto que você teria vencido se deixassem você usar toda a sua fantasia.

Dei de ombros.

Zeke colocou o troféu em sua mochila.

Annie se virou no assento à nossa frente e disse:

— Você tem outra fantasia para o baile esta noite, Tom?

— Não tenho... talvez eu nem vá no baile.

Eu estava com pena de mim mesmo, mas meio que gostava de me sentir assim. É estranho como às vezes é bom se sentir mal. Ainda assim, você não deve sentir pena de si mesmo por muito tempo porque pode perder coisas boas.

— Acho que posso usar minha velha fantasia de Hermione Granger do ano passado — Annie falou.

Lembrei dessa fantasia. Ela ficava muito bem nela, exceto que agora seu cabelo estava curto, então ela não se pareceria com Hermione. E provavelmente não compraria uma peruca apenas para o baile. Eu compraria. Me incomoda quando as pessoas não têm o cabelo certo.

— Acho que talvez eu possa encontrar outra fantasia — falei.

Annie desceu do ônibus em sua parada.

— Espero ver você esta noite. Talvez possamos dançar se o DJ tocar uma boa música.

Eu não podia acreditar.

Annie Barstow queria dançar comigo esta noite.

Eu tinha que aprender a dançar.

Em duas horas e meia.

36.

Aula de Dança

Quando dançavam na minha antiga escola, a maioria das crianças não dançava de verdade. Eles apenas se moviam para frente e para trás e agitavam os braços. Zeke, é claro, ficava louco. Às vezes, os professores pediam para ele se acalmar porque ele ficava muito louco. Os dois melhores dançarinos da nossa escola eram Matt Kent e Renée Jaworski, mas eles eram exibicionistas. Acho que se eu fosse tão bom eu iria me exibir também. Tanner Gantt nunca vai ao baile.

Decidi fazer uma pesquisa, então olhei alguns vídeos de bailes no *YouTube* para ver como eram. Grupos de meninas dançavam em grandes círculos umas com as outras. Praticamente todos os meninos ficavam em grupos, mas eles não dançavam. Alguns se encostavam na parede e observavam. Alguns meninos faziam alguns movimentos. Alguns meninos e meninas dançavam juntos em grupos, e alguns realmente dançavam juntos como casais, mas pareciam crianças mais velhas.

Eu queria pedir à mamãe uma aula de dança rápida, mas ela não estava em casa. Emma e o Garoto Cenoura estavam sentados no sofá da sala, fingindo fazer o dever de casa. Emma era a última pessoa no mundo que eu queria perguntar, mas como Ben Franklin disse, "Não há ganho sem dor". E eu estava desesperado.

— Ei, Emma, há um baile hoje à noite na minha escola. Você pode me mostrar como não parecer um idiota?

Ela sorriu, sentou-se e bateu palmas.

— Oh, sim! Eu adoraria te ensinar a dançar! Não há nada no mundo que eu preferisse fazer... só que NÃO!

— Ah, vamos, por favor!

— Eu vou te ensinar a dançar, cara — o Garoto Cenoura falou.

Emma surtou.

— O quê? Não, você não vai.

— Vamos, Emmers, você não quer que seu irmão seja um idiota total por aí. — Ele se levantou do sofá. — Eu vou te mostrar alguns ótimos movimentos.

Ele colocou uma música em seu telefone e então começou a dançar.

Sempre pensei que Zeke era o pior dançarino do mundo. Mas o Garoto Cenoura conseguia ser pior. Eu queria tanto rir, mas sabia que se o fizesse, Emma me mataria. Dei uma olhada rápida para ela. Dava pra ver que ela também o achava muito ruim.

— Mova seus braços assim! — ele disse. — Vire! Rode! Pule! Assim! Dance, dance!

Emma silenciosamente foi até a janela e fechou as cortinas, para que ninguém pudesse ver de fora. O Garoto Cenoura estava dançando demais para notar.

— Eu criei este movimento! É original! Ninguém faz isso!

Ninguém faz por um bom motivo. Ele parecia ridículo. Estava movendo seus braços e mãos como se estivesse estrangulando alguém e tivesse que ir ao banheiro ao mesmo tempo.

— Eu chamo isso de O Lucas Detona! É muito difícil de fazer.

Ele parou e se sentou no sofá. Estava suado e sem fôlego.

— Então, cara... apenas faça alguns desses movimentos... e você se dará bem.

— Obrigado — respondi. — Vou me lembrar de tudo que você fez.

Eu ainda precisava encontrar alguém para me ensinar a dançar e não havia muito tempo.

o o o

Como mamãe estava no correio enviando pacotes, tive que perguntar ao papai. Eu o vi dançar com minha mãe e não parecia muito constrangedor.

— Pai? Há um baile hoje à noite e tem essa garota... Você pode me ensinar a dançar em, tipo, quinze minutos?

— Sim, senhor, eu posso.

Subimos para o meu quarto e tranquei a porta para que Emma não entrasse.

— Muito bem — papai falou sério. — Esta pode ser uma das coisas mais importantes que já ensinei a você.

— Como assim?

— Noventa por cento dos rapazes não sabem dançar e não querem saber e nunca aprendem. E sabe de uma coisa? Eles são idiotas. Não seja o cara encostado na parede, tentando ser legal, que nunca dança. Esse cara está perdendo tempo. Você vai se divertir muito mais. E não precisa ser ótimo; você só precisa de alguns movimentos. Coloque uma música.

    Botei uma música e ele me mostrou algumas coisas simples para fazer com meus pés e alguns movimentos de braço. Eles não eram tão difíceis. E não eram constrangedores.

— Há alguma garota em especial com quem você queira dançar? — ele perguntou.

    — Não... Na verdade... Quero dizer, mais ou menos.

    — Ela tem um nome?

    — Annie Barstow. Mas não conte a ninguém.

Ele ergueu a mão direita.

    — Os meus lábios estão colados. Convide-a para dançar. Você só tem onze anos e meio uma vez.

37.

A Bruxa Surpresa

Eu ia me vestir de hippie para o baile, porque tinha tudo que precisava, mas fiquei com medo que Capri pensasse que eu a estava copiando ou que as pessoas pensassem que éramos um casal. Então, o Garoto Cenoura disse que eu poderia pegar emprestado sua fantasia de múmia. Ele é baixinho, então não seria muito grande para mim.

Emma surtou.

— Lukey! Não deixe Tom usar sua fantasia! Você tem que usá-la amanhã à noite para a festa de Halloween da

Pari. Tom vai dançar com ela e deixá-la toda suada. Oh meu Deus, vai cheirar como o Tom fedorento!

— Emmers, relaxa — ele respondeu. — Posso lavar se precisar.

O Garoto Cenoura fez a maquiagem no meu rosto e ficou muito bom. Eu deveria ter sido uma múmia para o concurso. Poderia ter ganhado alguma coisa. Por que parece que você sempre descobre como fazer coisas melhores depois delas acontecerem?

Papai deixou Zeke e eu no baile.

— Não se encoste na parede — papai lembrou, quando saímos do carro. Eu concordei com a cabeça.

Havia uma grande placa na porta do ginásio:

REGRAS DO BAILE DE HALLOWEEN

- Você deve apresentar seu ingresso ou comprar um quando chegar.
- Um adulto deve buscar você no final do baile.
- Você não tem permissão para ir a pé para casa ou andar de bicicleta ou cabo de vassoura.
- Se você se comportar mal, seus pais / responsável serão chamados para buscá-lo mais cedo.
- Sem danças inadequadas.
- Divirta-se!

A Sra. Heckroth, minha professora de matemática superbrava, estava pegando os ingressos na porta. Estava vestida de bruxa e sua fantasia era incrível. Ela usava um vestido preto longo, um chapéu alto de bruxa, uma capa preta e botas de couro preto. Nunca pensei em um milhão de anos que ela se vestiria como qualquer coisa, porque ela é tão séria o tempo todo. É estranho como o Halloween leva as pessoas a fazer coisas que você nunca esperaria.

— Oi, Sra. Heckroth — falei enquanto entregávamos nossos ingressos. Zeke estava parado atrás de mim. Acho que ele tinha medo dela.

— Olá, Sr. Marks, sinto muito por não ter visto sua fantasia de Van Gogh. Ouvi dizer que era bem impressionante.

— Sua fantasia é impressionante — eu disse. — Você é uma bruxa incrível.

Eu provavelmente não deveria ter dito isso.

o o o

Tinham apagado as luzes no ginásio e havia balões pretos e laranja por toda parte. Tinha refrigerantes e pizza (sem alho, por minha causa). Fiquei feliz porque, embora tivesse jantado, sabia que ficaria com fome de zumbi na metade do baile.

As diferentes classes permaneceram em suas próprias áreas, agrupadas. Quase nenhum aluno da sexta série estava dançando, exceto Matt e Renée, que estavam se exibindo no meio do ginásio, como eu sabia que fariam.

Um bando de meninos estava encostado na parede, tentando ser legal. O treinador Tinoco estava conversando com alguns deles. Ele estava vestido como um gladiador romano.

Acho que ele usava aquela fantasia para mostrar seus músculos. Eu provavelmente faria isso também se tivesse músculos como ele. Era uma boa fantasia, mas eu gostaria que ele se vestisse de Hulk. Ele ficaria perfeito.

Eu vi a porta do vestiário dos meninos abrir uma fresta. Alguém deu uma espiada e rapidamente entrou no ginásio. Eles estavam vestindo uma camiseta "Esta é a Minha Fantasia". Então senti o cheiro de Cheetos.

Era Tanner Gantt, entrando sorrateiramente sem pagar.

38.
A polícia da dança

Por que Tanner Gantt estava aqui? Eu não conseguia imaginá-lo dançando.

Annie e Capri se aproximaram de nós. Capri estava em sua roupa hippie. Annie estava vestida como Hermione e usava uma longa peruca marrom. Ela parecia a velha Annie antes de cortar o cabelo no verão.

— Ei, você comprou uma peruca — falei.

— Sim. Me incomoda quando as pessoas não têm o cabelo certo para suas fantasias.

Annie era tão legal.

— Então, vocês querem dançar? — ela perguntou.

— Excelente! — Zeke respondeu.

— Ótimo — Capri falou. — Vamos encontrá-los embaixo da cesta de basquete, perto do DJ, em cinco minutos.

Elas caminharam em direção ao banheiro feminino e eu me virei para Zeke.

— Lembre-se, nada de dança maluca. OK?

Ele fez uma saudação.

— Combinado! Tenho que ir ao banheiro. Minha mãe me disse para beber três copos de água antes de chegar aqui, para não ficar desidratado.

Ele saiu correndo. Fui em direção à cesta de basquete e vi Tanner Gantt batendo nas pessoas, e nenhum dos acompanhantes percebeu. Ele derrubou uma criança vestida de batata frita e disse: "Sinto muuuuito!" Então ele riu. O garoto parecia que ia chorar.

— Ei, você não deveria fazer isso! — falei.

— Por que você se importa, Bobão? — Tanner Gantt perguntou. — Você é a polícia da dança?

— Você não pode derrubar as pessoas assim.

Ele sorriu.

— Ah, é mesmo? — ele gritou: — Treinador Tinoco! — ao mesmo tempo que me empurrou o mais forte que pôde e então caiu no chão.

O treinador Tinoco se virou bem a tempo de me ver bater em Matt e Renée, que caíram.

— Tom Marks está batendo nas pessoas! — Tanner Gantt gritou, no chão, apontando para mim.

Parecia exatamente isso.

Eu tropecei em Matt e bati contra a mesa do DJ. Seu computador escorregou da mesa e a música parou.

— Você quebrou meu computador! — gritou o DJ.

— Eu sinto muito! — Apontei para Tanner Gantt. — Ele me empurrou!

O treinador Tinoco veio correndo, como o Hulk furioso, mas vestido como um gladiador furioso.

— Marks! O que você pensa que está fazendo?! Você vai para casa!

Tentei explicar.

— Tanner Gantt me empurrou ...

O treinador não me deixou terminar.

— Eu vi você, Marks!

— Marks me derrubou! — disse Tanner Gantt, que ainda estava no chão, fingindo que estava ferido.

— Chame alguém para vir buscá-lo, Marks — o treinador Tinoco falou.

○ ○ ○

Eu queria me transformar em um morcego e voar para casa, mas não consegui. Eu não queria que meus pais soubessem o que aconteceu, então liguei para Emma vir me buscar.

Ela estava em um filme com o Garoto Cenoura. E não ficou nada feliz.

— Por que eles expulsaram você?

— Um garoto disse que eu estava batendo nele, mas não estava!

— Você não pode simplesmente caminhar para casa?

— Não, Emma. Eles não vão deixar.

— Você arruinou minha vida, mais uma vez. Esteja lá fora quando chegarmos! Vamos esperar cinco segundos e depois partir.

○ ○ ○

O treinador Tinoco me acompanhou para fora e me fez sentar em um banco no estacionamento.

— Fique bem aqui.

Ele correu de volta para o ginásio. Ele nunca anda, ele sempre corre.

Eu estava me perguntando o quão brava Emma ficaria. Em uma escala de 1 a 10, concluí que seria um 8.

— Ei, múmia.

Eu me virei e vi Annie caminhando em minha direção.

— Ei.

Ela se sentou no banco.

— Sinto muito você ter sido expulso.

— Tanner Gantt me empurrou.

— Sim, imaginei.

Não dissemos nada por um tempo. A música voltou dentro do ginásio. O DJ deve ter consertado seu computador. Ele estava tocando uma música que eu tinha praticado dançar em casa com papai. Isso me lembrou do verão, antes de me transformar em um vambizomem e tudo mudar.

— Vamos dançar, galera festeira! — gritou o DJ lá de dentro.

Annie começou a balançar a cabeça no ritmo.

— Essa é uma ótima música.

— Sim é.

— Eu quero escrever uma música assim, algum dia.

— Eu aposto que você vai.

— É uma boa música para dançar.

— É mesmo.

Mais alguns segundos se passaram. Eu pensei sobre o que meu pai disse.

— Você quer dançar? — perguntei.

Annie me olhou surpresa.

— Agora?

— Sim.

— Aqui fora?

— Sim.

Annie sorriu.

— Certo. Por que não? Compramos ingressos. Devemos pelo menos poder dançar.

Eu me levantei e começamos a dançar. Ela era uma boa dançarina. Lembrei-me da maioria dos movimentos que papai me ensinou. Começamos a rir porque era muito ridículo dançar no estacionamento.

Uma caminhonete com alguns adolescentes passou. Um deles se inclinou para fora da janela e gritou:

— Ei, Hermione! Vou dizer ao Rony que você está dançando com uma múmia!

Annie e eu rimos.

A porta do ginásio se abriu e a luz brilhou sobre nós. Paramos de dançar. O treinador Tinoco saiu com Tanner Gantt atrás dele.

— Será que o treinador Tinoco tinha descoberto que Tanner Gantt tinha me empurrado em cima daquelas crianças?

— Annie, volte para o ginásio — o treinador falou.

Ela acenou para mim.

— Tchau, Tom. Obrigada pela dança.

— Posso voltar, treinador? — perguntei.

— Não, Marks.

Tanner Gantt teve problemas por entrar furtivamente no baile sem pagar. Ele não conseguiu ninguém para buscá-lo. O treinador continuou ligando e mandando mensagens de texto para a mãe dele, mas ela não respondeu.

— Há mais alguém para quem eu possa ligar? — perguntou o treinador. — Outro parente? Um amigo adulto?

— Não — ele respondeu.

Emma e o Garoto Cenoura chegaram de carro. Ela abaixou a janela, me olhou feio e disse:

— Entre.

— Ei, treinador Tinoco! — chamou o Garoto Cenoura, inclinando-se sobre Emma. — Lembra de mim? Lucas Barrington.

— Lembro muito bem de você, Barrington.

Como você poderia esquecer alguém que parecia uma cenoura?

O treinador apontou para Tanner Gantt.

— Não conseguimos falar os pais deste menino. Você pode levá-lo para casa?

— Não, treinador, eu posso ir a pé — Tanner Gantt falou.

— Você não vai voltar para casa a pé — o treinador retrucou.

— Podemos levá-lo para casa — o Garoto Cenoura falou.

Eu queria matar ele.

— Certifique-se de que ele entre em casa — o treinador orientou.

— Você é responsável por ele, Lucas.

— Deixa comigo, treinador! Sem problemas. Vou cuidar disso.

Sentei no banco de trás com Tanner Gantt.

39.

Taco! Taco!

Era estranho estar sentado ao lado de Tanner Gantt. Estávamos muito próximos um do outro porque é um carro pequeno e ele é grande.

— Qual é o nome do seu amigo, Tom? — o Garoto Cenoura perguntou.

— Ele não é... o nome dele é Tanner Gantt.

— Ei, Tanner. Eu sou Lucas.

Tanner Gantt não disse nada.

— Onde você mora, Tanner? — Emma perguntou impaciente.

— Rua North Isabel, 3500 — ele murmurou. — Perto do parque.

Emma digitou o endereço no celular para achar o caminho.

— Vamos, Lukey.

— Coloquem o cinto de segurança, caras — ele disse.

O Garoto Cenoura olhou para mim pelo espelho retrovisor.

— E então, Tom? Você usou algum dos movimentos de dança que eu mostrei antes de eles te expulsarem?

— Hã... alguns — menti.

— Você não tentou o Lucas Detona, né?

— De jeito nenhum — E era verdade.

De repente, fiquei com fome de zumbi. Eu não tive a chance de conseguir pizza no baile.

— Emma, eu preciso de um pouco de comida.

— Não vamos parar para comer — ela disse.

— Eu também estou com um pouco de fome — o Garoto Cenoura falou.

— Não estou com nenhuma fome — disse Emma.

Apontei meu braço entre seus assentos.

— Olha, tem um Taco! Taco! no próximo quarteirão.

— Eu amo o Taco! Taco! — o Garoto Cenoura falou.

— Odeio o Taco! Taco! — Emma falou. — Você não pode esperar, Tom?

— Não, eu tenho que comer algo agora.

Tanner Gantt parecia preocupado. Acho que ele pensou que eu iria comê-lo.

— Estaremos em casa em dez minutos! — Emma tentou.

— Estou com muita fome, Emma.

Tanner Gantt se afastou de mim o mais que pôde, encostando-se na porta.

o o o

Fomos ao Taco! Taco! e comemos no carro. Comprei três tacos de carne assada. O Garoto Cenoura ganhou um burrito, que Emma deu para ele enquanto dirigia. Isso foi meio nojento. Emma comeu nachos, embora "não estivesse com nenhuma fome". Tanner Gantt não quis nada, mesmo quando o Garoto Cenoura se ofereceu para pagar. Ele apenas ficou olhando pela janela.

Quando paramos na frente de sua casa, as luzes estavam acesas e música alta berrava lá de dentro. Havia muitos carros e algumas motocicletas estacionadas na rua.

— Parece que é hora da festa na Casa dos Gantt — o Garoto Cenoura disse.

Aquilo era estranho. O treinador ligou para mãe dele um milhão de vezes e ninguém atendeu. Tanner Gantt saiu do carro.

— Até mais, Tanner, cara — se despediu o Garoto Cenoura.

Nós o vimos caminhar até a casa.

— Oh, meu Deus! Ele nem mesmo disse "obrigado". Emma inclinou a cabeça para fora da janela e gritou:

— De nada!

Tanner Gantt não disse nada e nem se virou. Então bateu na porta da frente. Por que ele não tinha a chave?

— Vamos, Lukey — Emma falou.

Tanner Gantt se virou para olhar para nós. Dava pra perceber que ele queria que partíssemos.

— Podemos ir — falei do banco de trás.

— Não, temos que garantir que ele entre — respondeu o Garoto Cenoura. — Não quero que o treinador Tinoco dê uma de gladiador romano comigo.

Tanner Gantt continuou batendo na porta. Ele se virou para olhar para nós novamente.

— Podem ir! — ele gritou.

— Não até você entrar, cara! — O Garoto Cenoura gritou de volta.

A porta finalmente se abriu e sua mãe estava lá. Ela tem longos cabelos loiros, usa muita maquiagem e se veste como se estivesse no colégio. Eu podia ouvi-los falando por causa dos meus ouvidos de vambizomem.

— O que você está fazendo aqui? — ela perguntou. Ela não parecia feliz.

— O baile acabou cedo — ele murmurou.

— Por quê?

— Eu não sei.

— Você se meteu em problemas? O que você fez desta vez?

— Eu não fiz nada! Me deixar entrar.

Ela olhou por cima do ombro para o carro do Garoto Cenoura.

— Quem te trouxe para casa?

— Um garoto da escola ligou para a irmã.

— Bem, vá passar a noite na casa do seu amigo.

— Ele não é meu amigo.

40.
Véspera de todos os santos

Na noite de Halloween, embora eu tivesse dito a Zeke um milhão de vezes que ele não poderia usar aquilo, ele apareceu em sua fantasia de coelho.

Ou mais ou menos isso.

Ele colocou uma máscara de hóquei na cabeça do coelho e carregava um facão de plástico ensanguentado em uma das mãos e uma cesta de Páscoa com uma cabeça decepada na outra. Tenho que admitir, ficou muito bom.

— Sou o coelhinho da Páscoa do mal, como a Moça do Ônibus disse.

Ele ergueu o facão ensanguentado e fez um barulho que deveria ser o rosnado de um coelho maligno. Parecia que estava gargarejando. Ele deveria ir ao YouTube e encontrar um vídeo que ensinasse como fazer efeitos sonoros.

— Zeke, ainda está muito parecido com um coelho. As pessoas saberão que é você e saberão que sou eu junto com você. Esta é a única noite do ano inteiro em que não preciso ser um vambizomem.

Eu o fiz usar uma máscara de caveira velha e um capuz preto que eu tinha. Ele ficou desapontado no início, mas logo superou.

Coloquei a fantasia de Palhaço Assustador. A caixa dizia "Médio", mas era tamanho "Pequeno". Ficou super apertado em mim e os braços e pernas eram muito curtos, mas eu não tinha mais nada para vestir.

o o o

Começamos as travessuras ou gostosuras assim que escureceu. Parecia que muitas pessoas estavam vestidas de vampiros, lobisomens e zumbis este ano. Ou talvez eu tenha percebido mais por ser um vambizomem.

Passamos por uma garota alta vestida de enfermeira e coberta de sangue. Fiquei com um pouco de sede. Felizmente, mamãe tinha fígado cru na geladeira para quando eu chegasse em casa.

No fim do quarteirão, vimos Quente Cachorro e Eliot Freidman, da minha classe de Artes. Queria testar se eles me reconheceriam. Fiz o Zeke se esconder em um arbusto para que não falasse algo que nos entregasse acidentalmente.

— Ei, vocês — chamei, fazendo minha voz soar mais alta.

Quente Cachorro riu.

— Você tem uma voz engraçada, garoto.

— Uh, sim, estou resfriado.

— E você vestiu a fantasia do tamanho errado também.

— Eu sei. Minha mãe colocou na secadora e encolheu. Que fantasia incrível de Frankenstein.

Eu não disse "o monstro de Frankenstein" porque ninguém nunca disse e Quente Cachorro poderia descobrir que era eu.

— Ei, aquele garoto vambizomem mora por aqui? — perguntei.

— Tom Marks? — Elliot falou. — Sim, mora.

Elliot estava vestido como o cara do *Onde está Wally*, o que era uma boa fantasia para ele porque podia usar seus óculos.

— Você conhece ele? — perguntei.

— Sim. Estamos na mesma escola — disse Elliot. — Ele desenhou meu retrato na aula de artes.

— Como ele é?

Quente Cachorro encolheu os ombros.

— Ele é ok, eu acho.

Ok? Só isso? Eu era apenas "ok"?

— Ouvi dizer que ele pode fazer coisas legais — falei. — Tipo, ele é muito forte e rápido e tem uma ótima audição e visão noturna.

— Sim, mas ele não pode se transformar em um morcego e voar — Quente Cachorro lembrou.

Por que TODOS queriam que eu virasse um morcego e voasse?

— Vamos indo — Elliot falou, e eles se afastaram.

Eles não sabiam quem eu era.

Isso iria funcionar!

41.

Idiotices

Zeke e eu conseguimos um monte de doces, mas algumas pessoas nos deram coisas bizarras.

COISAS BIZARRAS QUE AS PESSOAS NOS DERAM NO HALLOWEEN

1. *Balas de menta: falei para as pessoas que aquilo, tecnicamente, não era um doce. Eles responderam que era pegar ou largar. Peguei. Vou dar as balas para a Emma.*

2. *Uma história em quadrinhos chamada "A Verdade Sobre o Halloween!". Era muito chata, exceto pela capa, que tinha um demônio comendo duas crianças vestidas como fantasmas.*
3. *Um pacote de Cheetos: Tanner Gantt adoraria aquela casa, se brincasse de gostosuras ou travessuras.*
4. *Pacotes de molho picante: Eles tinham ficado sem doces e sentiram que tinham que nos dar algo. Zeke comeu e tossiu por cerca de cinco minutos.*
5. *Uma escova de dentes: as pessoas que distribuíam achavam aquilo hilário. Eu não achava nada engraçado.*

o o o

Tínhamos acabado de sair de uma casa quando dois alunos mais velhos vieram até nós. Uma estava vestida de Mulher Maravilha, embora tivesse cabelos loiros, quando deveria ter cabelos pretos. O outro era o Groot, a árvore falante, dos Guardiões da Galáxia.

— Aquele garoto vambizomem mora por aqui? — a Mulher Maravilha perguntou.

— Sim! — Zeke respondeu. — E ele é realmente incrível. É a pessoa mais legal que conheço.

— Você é o presidente do fã-clube dele? — a Mulher Maravilha perguntou, e então ela riu como se fosse a maior piada do mundo.

Os olhos de Zeke brilharam.

— Não, não sou... Mas ele deveria ter um fã-clube!

— Queremos tirar uma *selfie* com ele — Groot explicou.

— Vocês não conseguirão fazer isso — respondi.

— Ele é arrogante ou algo assim?

— Não — falei. — Ele não aparece nas fotos porque é um vampiro.

— Ele pode se transformar em um morcego e voar? — perguntou Groot.

— Não — respondi pela milionésima vez.

Groot riu.

— Que idiota.

— Ah é? — falei. — Bem, sabe o que mais é idiota? Quando você se veste de Groot, só deveria falar "Eu sou Groot."

— É mesmo? — a Mulher Maravilha retrucou. — O que é realmente idiota é você usar uma fantasia de palhaço que é dois tamanhos menores!

— Você sabe o que é ainda mais idiota do que isso? — continuei. — Uma Mulher Maravilha com cabelos loiros!

Ela me chamou de um monte de palavras feias enquanto se afastavam.

o o o

Já que Zeke não teve que explicar para todo mundo do que estava fantasiado, fomos a muitas outras casas e conseguimos nossa melhor coleção de doces de todos os tempos. Nossas fronhas estavam praticamente cheias. Pegamos um atalho de volta para minha casa, mas não deveríamos ter feito isso. Assim como Martha Livingston não deveria ter tomado aquele atalho por aquele beco escuro.

42.

O Atalho

Estávamos em um quarteirão que normalmente não frequentamos. Não havia crianças fazendo gostosuras ou travessuras porque a maioria das casas não estava com as luzes acesas. Isso significa que as pessoas que moram lá ficaram sem doces ou odeiam o Halloween e não querem crianças batendo em sua porta.

Havia um adolescente grande, com uma camiseta engordurada, trabalhando em uma motocicleta em uma garagem. Um adolescente ainda maior saiu da garagem, balançando uma chave inglesa para cima e para baixo na mão, enquanto passávamos.

— Ei, Cara de Caveira — o adolescente maior chamou. — Fantasia bacana.

— Valeu — Zeke respondeu.

— Vem cá, garoto. Quero ver de perto.

— Não vá Zeke — eu sussurrei.

Mas era tarde demais. Zeke já estava caminhando em direção à casa. Eles não pareciam o tipo de adolescente que se interessa por fantasias de crianças.

— Você conseguiu muitos doces — o adolescente grande afirmou.

— Conseguimos mesmo! — Zeke respondeu. — O dobro do ano passado.

— Que bom. Olha, não tivemos tempo de ir fazer gostosuras ou travessuras, podemos pegar um pouco?

— Claro — Zeke respondeu abrindo seu saco.

Eu sabia que ele faria isso porque ele é generoso. E confia em todos. Eu tenho que lembrá-lo de não fazer isso.

Zeke olhou para baixo em seu saco.

— O que você gostaria? Tenho vários tipos.

— Puxa, não consigo decidir — o adolescente grande fingiu. — Acho que vou ter que levar o saco inteiro.

Ele agarrou o saco de doces de Zeke e riu.

— Ei! O que você está fazendo? — Zeke perguntou.

O adolescente maior se virou para mim.

— Me dá o seu saco, Garoto Palhaço.

Tínhamos caminhado muito e trabalhado duro para conseguir todos aqueles doces. Eu não ia dar para esses caras.

— Não — respondi.

O adolescente maior começou a andar em minha direção.

Se eu não fosse um vambizomem, eu teria dado tudo pra ele. Como posso correr muito rápido, sabia que poderia fugir desses caras, mas também sabia que Zeke não.

O adolescente maior tentou pegar meu saco de doces. Eu o puxei e coloquei nas minhas costas. Ele pareceu surpreso com o quão rápido eu me movi.

— Me dá seu saco, garoto!

— Não. E devolva os doces ao meu amigo — pedi.

O adolescente maior riu.

— Quem vai me obrigar?

— Vocês não querem mexer com ele, pessoal — Zeke comentou

— Ah não? — falou o adolescente grande. — E por que não, Garoto Palhaço?

— Porque ele é um...

— Shh... — Fiz pro Zeke.

Fui até a motocicleta e a levantei do chão com uma das mãos. Os adolescentes pareceram surpresos que uma criança fantasiada de palhaço pudesse fazer aquilo.

— O quê? Disse o adolescente grande.

— Abaixe isso, garoto! — o adolescente maior exclamou.

A motocicleta parecia não pesar nada. Eu poderia tê-la segurado a noite toda.

— Muito bem — falei. — Vamos fazer o seguinte... Você vai devolver o saco de doces ao meu amigo. Então nós vamos embora. Se não devolver o saco de doces dele quando eu contar até três, vou jogar sua moto na rua. Um...

— Não! — disse o adolescente maior.

— Dois...

Eu levantei a motocicleta acima da cabeça.

— Caramba!

O adolescente grande jogou o saco para o Zeke. Alguns dos doces caíram.

— Peguem agora!— ordenei.

Os dois recolheram os doces que caíram e colocaram no saco do Zeke. Eu ainda queria jogar a moto no chão, mas eles provavelmente me processariam e eu teria que comprar uma nova, então apenas a baixei devagar.

— Quem é você — o adolescente maior perguntou.

— Eu? Sou apenas um palhaço.

o o o

Zeke queria ir a mais uma casa, uma com labirinto de monstros no quintal. Mas são apenas crianças com máscaras pulando em você no escuro e gritando. E com minha visão noturna eu seria capaz de ver onde eles estavam se escondendo.

Então, eu o deixei lá e comecei a caminhar para casa sozinho. Eu ia comer alguns doces, um pouco de fígado cru e assistir a um filme antigo e assustador que vovó recomendou chamado *O Parque Macabro*.

Caminhei em direção ao parque. Estava vazio, porque eles o fecham na noite de Halloween para que as pessoas não entrem e destruam coisas. Na esquina, vi Tanner Gantt usando sua camiseta "Esta é a Minha Fantasia", conversando com uma garota vestida de vampiro. Ele estava rindo e alegre, o que geralmente não faz, a menos que jogue você em uma lata de lixo. Imaginei que ele iria pegar os doces dela, mas ela não tinha uma bolsa de doces.

Eu não queria lidar com Tanner Gantt esta noite.

Quando me virei para ir para o outro lado, ouvi a garota rir.

Eu parei.

Não poderia ser.

Então me virei.

A garota com quem Tanner Gantt estava falando tinha longos cabelos ruivos, pele pálida e estava usando um vestido verde escuro.

Era Martha Livingston.

43.

Salvando Tanner Gantt

Como Martha Livingston chegou aqui? E o que ela estava fazendo aqui?

Por que ela estava falando com Tanner Gantt?

Deslizei para trás de uma árvore, espiei e inclinei meu ouvido na direção deles para ouvir.

— Essa é uma camiseta incrível! — Martha exclamou.

Ela não estava falando com sua voz normal. Ela parecia uma daquelas adolescentes que ficam animadas com tudo.

— Obrigado — Tanner respondeu.

Martha sorriu.

— Uau! — ele disse. — Esses dentes de vampiro parecem reais.

— Você acha?

— Sim. Eu não gostaria que você me mordesse.

Martha riu, como se fosse a piada mais engraçada que alguém já tivesse contado.

— Meu nome é Martha, qual é o seu?

— Tanner.

— Esse é um nome legal.

Tenho que admitir, Tanner é um nome legal.

— Ei, você conhece aquele garoto vambizomem? — Martha perguntou, enrolando a ponta do cabelo com o dedo.

— Tom Marks? Sim. Ele estuda na minha escola.

— É mesmo? — disse Martha, fingindo estar impressionada. — Onde ele mora?

— A alguns quarteirões de distância.

— Como ele é?

Achei que ele diria algo como: "Ele é um idiota total. Ele é tão estúpido que foi mordido por um vampiro, um lobisomem e um zumbi no mesmo dia. E ele é um vampiro, mas não consegue nem se transformar em um morcego e voar! Que idiota!"

Mas isso foi o que ele disse a Martha:

— Tom é legal. Nós saímos juntos o tempo todo. Somos como melhores amigos. Estou em uma banda com ele.

Por que Tanner Gantt estava dizendo isso?

— Que legal — Martha falou em sua voz de adolescente boba.

— Ei, Tanner, ouvi algumas crianças dizerem que há um labirinto de monstros assustador do outro lado do parque. Quer ver comigo?

— Claro.

— Ótimo! — Martha falou. — Vamos pelo parque.

— Não podemos. Está fechado no Halloween.

— E daí? Você está com medo de ir por lá?

— Não!

— Então vamos!

o o o

Martha iria levar Tanner Gantt ao parque e sugar seu sangue. Ela poderia acidentalmente transformá-lo. Não precisamos de um vampiro Tanner Gantt. Eu tinha que impedi-la. E tinha que tirá-lo de lá, mesmo que ele não fizesse o mesmo por mim.

Puxei minha máscara de palhaço assustador para baixo sobre meu rosto e corri de trás da árvore. Eu esperava que Tanner não me reconhecesse. Será que Martha me reconheceria?

— Ei! Você é Tanner Gantt? — disse na minha voz aguda.

— Sim. Quem é você? Minnie Mouse?

— Oh, não. Meu nome é... Lucas.

Olhei para Martha. Não parecia que ela sabia que era eu.

Ele sorriu.

— Acho que você comprou a fantasia errada, idiota.

Eu olhei para a minha fantasia apertada.

— Encolheu. Ouça, sua mãe está procurando por você, ela disse que você tinha que voltar para casa agora mesmo!

— Por quê?

— Ela disse que era uma emergência!

— O que aconteceu?

— Seu... seu cachorro foi atropelado por um carro!

Tanner Gantt tinha um cachorro grande e malvado, igual a ele.

Ele parecia preocupado.

— Ele está bem?

— Não sei! É melhor você ir ver!

Ele se virou para Martha.

— Eu tenho que ir. Talvez a gente se veja depois.

Ela sorriu.

— Espero que sim.

Tanner Gantt saiu correndo pela calçada.

Martha se virou lentamente para mim e sorriu.

— Então... Lucas? Você quer ir ver um labirinto de monstros assustador?

Eu não podia acreditar. Martha não sabia que era eu.

— Não... Eu já vi.

Ela se aproximou e começou a sussurrar.

— Vamos, Lucas... Podemos cortar caminho pelo parque... Você quer ir ao parque comigo... não é?

Ela estava tentando me hipnotizar.

— Não, não quero, Martha!

Tirei minha máscara.

Ela colocou a mão dela na boca e deixou escapar um pequeno suspiro.

— Thomas Marks... Que surpresa agradável.

— O que você está fazendo aqui?!

— Estou a caminho de Nova Orleans. Você estava no caminho, então, pensei em passar para ver como está se saindo.

— Você ia sugar o sangue de Tanner Gantt?

— Essa era a ideia geral, antes de ser interrompida.

Olhei em volta para me certificar de que ninguém estava nos observando. Eu realmente não precisava me preocupar. Parecíamos apenas uma garota vestida de vampiro e um garoto fantasiado de palhaço conversando no Halloween.

— Eu devo me alimentar — ela disse.

— Vamos para minha casa — falei. — Eu tenho um pouco de fígado cru que você pode comer.

Ela fez uma cara de nojo.

— Fígado cru? Suponho que isso terá que servir, até que eu possa encontrar uma refeição de verdade.

— Só não morda ninguém aqui. Juramento de sangue.

Ela suspirou.

— Juramento de sangue.

Começamos a andar pela calçada, passando por grupos brincando de gostosuras ou travessuras.

— Como você descobriu onde eu moro? — perguntei.

— Bem simples. Eu usei o poder mágico do... Google.

Passamos por dois pais empurrando um carrinho com um bebê vestido de vampiro.

— Existem bebês vampiros? — sussurrei para Martha quando passamos.

— Eu só conheci um — ela afirmou. — Extremamente difícil de tomar conta.

— Ok, escute, quando chegarmos à minha casa, eu entro primeiro. Você espera do lado de fora, vira um morcego, voa até minha janela e eu deixo você entrar. Certifique-se de encontrar um lugar escuro para se transformar, para que ninguém veja você.

— Devo lembrá-lo, Thomas Marks, que venho fazendo isso há mais de duzentos anos?

Quando viramos a esquina da minha casa, praticamente esbarramos em Annie e Capri.

44.

Elas são reais?

— Ei, Tom — Annie falou. — Por que eu não coloquei de volta minha máscara de palhaço?

Annie estava usando sua saia do Capitão Ahab de Moby Dick e carregando seu arpão.

Capri estava em sua roupa hippie.

— Oi, pessoal — respondi.

— A sua fantasia é, tipo, dois tamanhos menores que você? — Capri perguntou.

— Encolheu. Você ganhou muitos doces?

— Ganhei — Annie falou, olhando para Martha. Capri também estava olhando para ela.

Eu estava tentando pensar no que dizer, quando Martha estendeu a mão.

— Boa noite. Sou Martha Livingston, da Filadélfia.

Annie e Capri se entreolharam. Talvez elas pensassem que Martha estava falando estranho porque estava fingindo ser uma vampira. Crianças geralmente não apertam as mãos das outras. Exceto Abel, é claro. Annie apertou a mão de Martha.

— Uau. Sua mão está fria — Annie afirmou.

— Eu tenho... má circulação sanguínea — Martha explicou.

— Eu sou Annie.

— E eu sou Capri.

Martha apertou a mão de Capri e depois se voltou para Annie.

— Devo dizer que é uma excelente fantasia de capitão Ahab.

Acho que Annie ficou surpresa por Martha saber quem era o capitão Ahab.

— Obrigado. Você leu Moby Dick?

— Duas vezes — Martha falou, e se voltou para Capri.

— E sua fantasia está muito bem feita. Exceto pelo botton "Sem aquecimento global", que é historicamente impreciso para os anos 1960.

— Eu não me importo — Capri falou.

— Obviamente — Martha respondeu.

Annie olhou para a roupa de Martha.

— Então, e o que você é?

Martha sorriu e mostrou suas presas.

— Adivinha?

— Um vampiro — Annie falou.

— Correto.

— Onde você conseguiu suas presas? — Capri perguntou.

— É uma longa história.

— Isso é uma peruca? — Annie perguntou.

— Não — Martha respondeu enquanto movia a cabeça para que seu cabelo girasse. — Este é o meu cabelo.

— Essas lentes de contato fazem seus olhos parecerem verdes superintensos — Capri comentou.

— Não estou usando lentes de contato — Martha disse.

Annie ficou com uma expressão estranha no rosto e olhou para mim.

— Espere aí... Martha Livingston não é o nome da garota que escreveu o diário sobre Ben Franklin?

Por que Annie precisava ter uma memória tão boa?

— Hã... sim — falei. — Vocês foram na casa onde distribuíam molho picante?

Annie se virou para Martha.

— E seu nome é Martha Livingston e você é da Filadélfia.

Eu rapidamente adicionei,

— Ela é a tatara-tatara-tatara-tatara-tataraneta dela.

Eu esperava ter usado "Tataras" suficientes.

Annie continuou.

— E você tem treze anos e toca muitos instrumentos musicais.

— Onze, para ser mais preciso — Martha corrigiu. — Meu Deus. Parece que o Thomas falou muito sobre mim.

— Thomas? — Annie perguntou. — Você o chama de Thomas?

— Acredito que esse seja o nome dele — Martha explicou.

Eu tinha que nos tirar de lá. Puxei a gola da minha fantasia.

— Essa fantasia está cortando minha circulação sanguínea, eu tenho que tirar. Vejo vocês na escola na segunda.

— Então, o que está fazendo aqui? — Capri perguntou.

— Gostosuras ou travessuras, é claro.

— Então onde está sua sacola de doces? — Annie perguntou desconfiada.

— Deixei na casa de Thomas.

— Sim, e é melhor voltarmos lá — eu disse. — Seus pais vão buscá-la e levá-la para Nova Orleans, onde você vai morar para sempre. Tchau, Annie, Capri. Vejo vocês na escola!

— Tchau, Martha — Capri se despediu. — Realmente é um prazer conhecer você. Uma pena não podermos nos conhecer melhor.

Dava pra notar que ela estava sendo sarcástica.

— Tchau, Thomas — Annie falou.

Elas se afastaram, sussurrando uma para a outra. Mas não dei ouvidos porque estava explicando a Martha sobre o diário que fiz na aula para meu relatório e prometi que não tinha contado a ninguém sobre ela.

Martha observou elas irem e disse:

— Annie gosta muito de você.

— O quê...? Do que você está falando?

— Assim como Capri.

— Não, ela não gosta!

Martha sorriu.

— Então? Você já voou aqui fora, Thomas?

Eu sabia que ela iria perguntar isso.

— Hum... Na verdade, não... Ainda estou trabalhando nisso. Mas farei em breve.

— Por que não esta noite?

— Amanhã é melhor. Definitivamente farei isso amanhã.

— Meu caro Thomas Marks, empilhe amanhãs e mais amanhãs e você descobrirá que não coletou nada além de muitos ontens vazios.

— Ben Franklin disse isso?

Antes que ela pudesse responder, vi Zeke correndo pela calçada em nossa direção.

45.

Lição de Hipnose

Por que todo mundo que eu conheço resolveu aparecer? Zeke chegou correndo e disse:

— Alguém falou pro Tanner Gannt que o cachorro dele tinha sido atropelado! Mas não foi e ele está...

Então ele viu Martha e congelou, ficou boquiaberto, levantou devagar sua mão e apontou para ela:

— Você é... você é ela... a garota... o morcego... que mordeu o Tom... o vampiro... você é Martha Livingston!

Martha me encarou. E era muito mais assustador do que o olhar de Emma.

— Você contou a esse rapaz sobre mim?

— Não! Não contei. Ele descobriu! E eu não derreti ou queimei, então não quebrei o juramento de sangue. — Eu pulei entre Zeke e Martha. — Jure pelo sangue que você não vai mordê-lo!

— Eu juro pelo sangue — ela falou, com os dentes cerrados. Então fez uma reverência para Zeke e disse: — Martha Livingston, da Filadélfia.

Zeke colocou a mão sobre o coração e se curvou, como se ela fosse uma rainha ou algo assim.

— Zeke Zimmerman ao seu serviço.

— Prazer em conhecê-lo. — Martha se virou para mim. — Um rapaz com boas maneiras. Que gratificante. Então, este é o seu amigo verdadeiro e leal.

— Você é ainda mais bonita do que o Tonzão disse que você era!

Por que conto as coisas pro Zeke?

Ele ergueu a mão.

— Eu prometo solenemente que nunca contarei a ninguém sobre você, Martha!

Ela se aproximou de Zeke e disse suavemente:

— Eu sei que você não vai contar, Zeke.

— Seus olhos são superverdes — ele falou.

Ela continuou olhando para ele enquanto falava.

— Você não vai contar a ninguém sobre mim. Por que... Eu nunca estive aqui... Você nunca me viu.

— Eu.. nunca... vi... você — Zeke repetiu com uma voz sonolenta.

— Você hipnotizou ele assim rápido? — perguntei.

Ela assentiu com a cabeça.

— Ele é o sujeito mais influenciável que já encontrei. Existe alguma coisa que você deseja que ele faça enquanto estiver em transe?

Eu pensei sobre isso por um tempo.

— Você pode pedir a ele para parar de fazer polichinelos quando ele ficar animado?

— Como quiser — ela falou, voltando-se para Zeke. — A próxima vez que você quiser fazer polichinelos, Zeke... Você não os fará, nunca mais... E agora, você irá para casa e terá um sono reparador.

Zeke caminhou pela calçada em transe, repetindo:

— Nada... de....polichinelos... Nada... de... polichinelos.

— Martha, você pode me ensinar como hipnotizar as pessoas? — perguntei.

— Eu posso tentar.

o o o

Ela se transformou em um morcego no meu quintal. Entrei em casa, contei para a mamãe e o papai como foram as gostosuras ou travessuras, peguei o fígado da geladeira, subi para o meu quarto, tranquei a porta, tirei minha fantasia de palhaço assustador, abri minha janela e deixei Martha entrar.

Sentei na cama, ela sentou na minha escrivaninha e partimos o fígado cru.

— Isto é... horrível — ela disse depois de uma mordida e colocou o prato na mesa. — Vamos começar com a aula de hipnose. — Ela se levantou. — Você não pode fazer alguém se apaixonar por você. Não pode fazer alguém se machucar. E algumas pessoas nunca se dobrarão à sua vontade.

Eu sabia o que ela queria dizer. Tentei hipnotizar Tanner Gantt na primeira semana de escola para que ele parasse de me incomodar. Ele fingiu estar hipnotizado e depois me jogou em uma lata de lixo. Se alguém não quer ser hipnotizado, não será, o que é injusto. É como ter um superpoder que você não pode usar.

— Levante-se e fique de frente para mim — Martha falou.

Eu me levantei e olhamos um para o outro.

— Fixe os olhos na pessoa. Olhe fixamente. Você pode simplesmente pensar no que deseja que eles façam, mas geralmente você deve falar em voz alta.

— Certo.

— Ajuda chegar o mais perto possível da pessoa, como você testemunhou quando hipnotizei Zeke.

Eu dei um passo em sua direção.

— Olhe nos meus olhos — ela sussurrou.

Seus olhos realmente eram superverdes. Ela também tinha algumas sardas no nariz que você não vê a menos que esteja perto.

— Você deve falar baixinho... com calma... devagar... Não os deixe desviar o olhar.

Sua voz estava relaxando. Eu me senti um pouco sonolento.

— Thomas?

— Sim?

— Você tem um diário?

— Sim.

— Vá buscar o seu diário e deixe-me lê-lo.

Eu me abaixei estiquei o braço embaixo da cama. Peguei minha velha luva de beisebol. Dentro estava um caderno preto. Entreguei a Martha e ela começou a ler em voz alta.

> Terça-feira. 25 de dezembro. Se você não se chama Thomas Marks, não leia este diário ou será morto! Se você for Emma, direi a mamãe e papai que vi você fumando um cigarro com Pari no carro dela.

Emma me deu este diário de Natal. É um diário bem barato. Acho que ela comprou na loja de um dólar. Vou escrever isso todos os dias.

O Natal foi muito bom. Ganhei um monte de coisas legais, exceto este diário. Zeke me ligou para dizer que tinha um novo videogame chamado Coelhos ao ataque! Ele disse que é o melhor jogo de todos os tempos, então vou comprar também.

Martha virou a página.

— Está em branco?

Ela virou mais páginas. Também estavam em branco.

— Você só escreveu em seu diário uma vez?

— Sim.

Ela estalou os dedos. Me senti como se acordasse de um cochilo. Ela jogou o diário em minha cama.

— Ei, você leu o meu diário? — perguntei irritado.

— A página inteira que você escreveu nele? Li. Agora, um alerta importante, Thomas Marks, o poder da hipnose é perigoso. O que você faz a pessoa fazer, pode voltar para te assombrar depois... de maneiras não muito boas.

— Está bem — respondi. — Agora pode me ensinar a virar fumaça ou bruma?

— Não em uma noite. Essa é a transformação mais difícil de realizar. Requer uma habilidade imensa. No entanto, tenho algo para você.

Ela enfiou a mão no bolso do vestido e tirou um pequeno livro, com uma capa de couro desgastada e rachada.

— Aprendi muito com isso — ela falou passando-o para mim.

Na capa, em letras douradas desbotadas, dizia "Uma Educação Vampírica, escrita por Eustace Tibbitt".

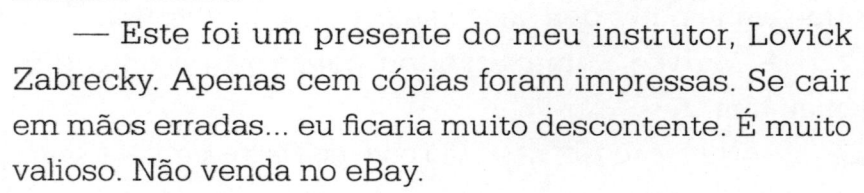

— Este foi um presente do meu instrutor, Lovick Zabrecky. Apenas cem cópias foram impressas. Se cair em mãos erradas... eu ficaria muito descontente. É muito valioso. Não venda no eBay.

— Obrigado.

Eu folheei. As páginas eram finas e amareladas. Havia alguns desenhos de pessoas com roupas do tipo Ben Franklin, transformando-se em névoa, fumaça, neblina, morcegos e lobos. Coloquei na minha luva de beisebol, junto com meu diário, e escondi de volta debaixo da cama.

— O que aconteceu com o tal do Lovick Zabrecky? — perguntei.

— Não o vi nem ouvi falar dele por mais de cem anos. Suponho que foi estacado ou morreu ao sol. Você gostaria que eu demonstrasse uma transformação em fumaça antes de me despedir?

— Claro!

Ela fechou os olhos. Então sumiu e no lugar apareceu uma pequena nuvem branca do tamanho de Martha, que atravessou a sala, passou por baixo da fresta da porta e desapareceu.

— FOGO! — gritou Emma no corredor.

Eu rapidamente destranquei minha porta e abri. Emma estava lá, vestida com seu traje de Cleópatra, surtando e apontando para a névoa.

— Fogo! Fogo!

— Não, Emma! Não é! — gritei. — Shh! Não é fogo!

— O que é então? — ela falou, segurando o nariz.

— É... Hã... é um truque mágico de bomba de fumaça que alguém nos deu nas gostosuras ou travessuras.

A Martha Fumaça voltou pela porta e entrou no meu quarto.

— Nunca recebi nada tão bom no Halloween! — Emma falou. Ela entrou em seu quarto e bateu a porta.

— Não bata as portas! — gritou papai de algum lugar.

• • •

Voltei para o meu quarto e fechei a porta. A fumaça tinha sumido e se transformado em Martha.

— Sua irmã está tão animada como sempre.

— Sim. Está mesmo. Essa coisa de fumaça é incrível.

— É uma excelente forma de entrar e sair de lugares escondido. Agora, devo partir.

— Por que você está indo para Nova Orleans? — perguntei.

— Para *o encontro*, é claro — ela disse, como se eu devesse saber o que era.

— De vampiros?

Ela revirou os olhos.

— Não, tocadores de gaita de foles. Claro, vampiros!

— É, tipo, uma convenção de vampiros?

— Não! — ela zombou. — Não trocamos figuras de ação do Drácula, nem fazemos concursos de fantasias ou levamos cantores vampiros, nem compramos e vendemos capas, nem assistimos a maratonas de filmes de vampiros... É um evento sério. Especialmente quando nossos números diminuem. É sobre sobrevivência e existência no mundo moderno.

Isso soou meio chato.

Martha inclinou a cabeça ligeiramente e estreitou os olhos.

— Contudo... você seria uma grande sensação se comparecesse. Muitos ficariam curiosos para conhecê-lo, o único vambizomem do mundo. Talvez você queira se juntar a mim?

Eu não queria sair com um bando de vampiros olhando para mim.

— Não, obrigado.

— Talvez outra hora. Adeus, Thomas Marks.

— Tchau, Martha.

— Boa sorte com suas aulas, vampíricas e escolares... e com Annie e Capri, acrescentou com um sorriso.

Ela se transformou em um morcego, pairou no peitoril da janela e voou para a noite em direção a meia-lua. Ela fazia voar parecer tão fácil, mas já fazia isso há 244 anos.

Eu estava com fome. Mas não de sangue ou carne. Fiz pipoca e me sentei no sofá com minha fronha de doces. Apaguei todas as luzes, que é o que você deve fazer quando assiste a um filme de terror, e coloquei O Parque Macabro. Emma e o Garoto Cenoura apareceram assim que começou.

— Este é um dos filmes chatos e antigos em preto e branco da vovó? — Emma perguntou.

Eu a ignorei.

— Parece incrível — o Garoto Cenoura falou, sentando no sofá.

Emma teve um semicolapso.

— Lukey, não vamos assistir isso!

— Vamos, Emmers, é Halloween. Temos que assistir a um filme de terror.

Ela se sentou e comeu três das minhas melhores barras de chocolate. Ela dizia que o filme não era assustador, mas escondeu o rosto atrás de um travesseiro cerca de dez vezes.

Quando acabou, o Garoto Cenoura me disse:

— Cara, deveríamos começar um Clube de Filmes Assustadores!

— Não, não deveríamos! — Emma falou.

Apesar de tudo, não foi um mau primeiro Halloween como um vambizomem.

46.
Na Toca do Coelho

Acordei na manhã seguinte e Emma estava no meu quarto, em pé ao lado da minha mesa, lendo uma carta.

Eu sentei na cama.

— O que você está fazendo?!

— Lendo uma carta da sua namorada.

— O QUÊ?!

Pulei da cama

— Dá isso aqui pra mim! Por que você está lendo?

— Achei que era pra mim. Não tem nome nela.

— Era uma carta na minha mesa, no meu quarto, e você pensou que era para você?

Tentei agarrar, mas não queria rasgá-la, caso fosse importante. Emma leu em voz alta.

— "Querido Thomas Marks..."

Emma ergueu os olhos.

— Isso é um pouco formal, você não acha?

Martha deve ter voltado e deixado a carta depois que adormeci. Mas por quê?

— "Nós, que não somos como os outros, devemos percorrer uma estrada que não é facilmente percorrida. Desejo-lhe sorte na sua vida. Estou feliz por ter sido capaz de te ensinar algumas coisas."

Ela ergueu os olhos novamente.

— Uh! O que ela te ensinou?

Eu a ignorei. Ela continuou lendo.

— "Mas atenção, você deve abrir suas asas e voar pelo mundo. Como Benjamin Franklin disse: 'Sem risco, não há ganho.'"

Emma fez uma careta.

— Sério? Ela está citando Ben Franklin? Quem é essa garota?

— "Carinhosamente sua, Martha Livingston."

Emma balançou a cabeça.

— Carinhoso não é bom.

— "P.S. Não se esqueça de passar fio dental."

— Você está brincando? Quem diz pra pessoa escovar os dentes no final de uma carta de amor? A sua namorada quer ser dentista quando crescer?

— Ela não é minha namorada!

— Qual a idade dela?

— Treze.

— Ooo! Uma mulher mais velha! Quem é ela?

— Ninguém que te interesse!

Emma largou a carta na minha mesa e saiu pela porta e pelo corredor.

— Tom tem uma nova namorada chamada Martha Livingston!

— Quem é Martha Livingston? — mamãe gritou da sala de estar.

— O que aconteceu com Annie Barstow? — papai gritou da sala de estar.

o o o

Mais tarde naquele dia, fui até o Zeke para ver se a hipnotização de Martha realmente funcionou. Ele não disse nada sobre tê-la visto, mas eu tinha que tentar mais uma coisa.

— Ei, Zeke, você quer jogar *Coelhos ao ataque!*?

Eu nunca peço a Zeke para jogar *Coelhos ao ataque!*. Ele sabe o quanto eu odeio.

— Sério? Incrível!

Normalmente, ele teria começado a fazer polichinelos. Mas não fez isso.

Martha o curou.

Começamos a jogar e era tão chato quanto eu me lembrava.

— Tonzão, quer ver uma coisa muito legal?

Eu fingi que estava interessado.

— Claro, Zeke.

— Está vendo aquela pequena toca de coelho no canto da tela? Jogue três cenouras lá.

Eu joguei três cenouras no buraco e o coelho foi para um incrível submundo. Havia armas legais e grandes batalhas e coelhos robôs e criaturas incríveis. Jogamos por três horas até minha mãe dizer que eu precisava voltar para casa. *Coelhos ao ataque!* é o melhor jogo de todos os tempos.

— Zeke, por que você não me disse como esse jogo era legal? — perguntei enquanto estava saindo.

— Eu disse. Cerca de um milhão de vezes. Mas você nunca ouviu. Você só jogou aquela vez.

— Desculpe, Zeke.

— Tudo bem, Tonzão.

Às vezes, Zeke está certo sobre as coisas. Eu tenho que me lembrar disso.

o o o

Naquela noite, pensei a respeito do que Martha tinha falado sobre abrir minhas asas e voar para o mundo.

Decidi que ia tentar voar lá fora. Eu estava pronto para ir, mas então procurei "corujas e morcegos" no YouTube. Assisti a alguns vídeos de corujas perseguindo morcegos. Elas acabam os pegando e os comendo. Eu sugiro fortemente que você não os assista. Eles são assustadores e nojentos.

Decidi esperar um pouco mais.

47.
A Técnica Tanner Gantt

Tivemos mais um ensaio da banda na semana seguinte na casa de Annie.

— Eu escrevi uma nova música — ela falou. — Se vocês gostarem, vou ensinar a todos. Se chama de "Pensando em você".

Ela dedilhou lentamente alguns acordes em seu violão e então começou a cantar:

"Pensando em você e no que está passando,
Pensando em você e no que deve estar sentindo.

Eu sei que todo dia é um desafio, apenas para passar por isso,
Às vezes me pergunto, como você faz isso?"

Annie estava cantando sobre mim?

"Tarde da noite, eu me pergunto o que você está fazendo,
Eu gostaria de ajudar se isso estiver doendo.
Eu sei que é difícil passar por isso todo dia,
Deve haver algo que eu possa fazer para que sorria."

Annie estava muito cantando sobre mim!

"Procurando um lugar para descansar, procurando um lugar seguro,
Em algum lugar quente e seco, e talvez um rosto amigável e maduro.
Procurando uma casa, para chamar de sua."

Eu não sabia o que aquele verso significava. Eu teria que perguntar a Annie.

"Deve haver uma maneira... Podemos melhorar alguns pontos,
Para ajudá-lo no seu dia... vamos todos trabalhar juntos,
Todos nós temos que estender a mão... é algo que devemos fazer,
Então, lembre-se esta noite, estou pensando em você."

Ela dedilhou o último acorde e levantou a cabeça.

Todo mundo aplaudiu. Eu não podia acreditar. Annie escreveu uma música sobre mim. Era muito legal e muito constrangedor ao mesmo tempo. .

— Música incrível! — Zeke exclamou.

— Annie, isso foi lindo — Capri disse.

— Maravilhosa estrutura tonal melódica e fraseada — Abel falou (seja lá o que isso significasse).

— Podemos tocar mais rápido e mais alto? — Quente Cachorro perguntou.

— Não, é uma música lenta — Annie explicou. Ela olhou para mim. — O que você achou, Tom?

— Hum... Eu... Eu não sei o que dizer. Obrigado, Annie.

Ela parecia confusa.

— Obrigado?

— Sim, eu agradeço.

— O que você quer dizer?

— Bem, quero dizer, é legal alguém dizer essas coisas e entender como é... Você escreveu uma música sobre mim.

— O quê? — ela falou.

Capri riu.

— Não é sobre você — Annie explicou. — É sobre as pessoas em situação de rua e o que elas estão passando.

Me senti como cara mais Estúpido, Idiota, Tonto e Burro de todos os tempos.

○ ○ ○

Fiquei muito quieto quando Zeke e eu voltamos para casa. Eu estava me sentindo deprimido, como Van Gogh. Quer dizer, moradores de rua me deixam triste e tudo mais, mas gostaria que a música de Annie fosse sobre mim.

Zeke tentou me animar.

— Poderia ter sido sobre você. Exceto a parte sobre não ter uma casa e ficar sozinho. Talvez Annie escreva uma música sobre você algum dia.

— Acho que não — falei.

Deixei Zeke em sua casa e fui parar no parque. Estava escuro, mas eu podia ver tudo graças à minha visão noturna. Tanner Gantt não estava nos balanços naquela noite.

Olhei em volta para me certificar de que ninguém estava me observando e então me sentei em um dos balanços. Não balancei exatamente; meio que sentei lá e me movi um pouco para a frente e para trás.

Tenho que admitir, me senti melhor depois disso.

48.

O retorno do Bat-Tom

P ratiquei voar todas as noites no meu quarto. Eu estava melhorando lentamente. Uma noite, no início de novembro, decidi voar pela casa depois que todos fossem para a cama. Coloquei meu alarme para meia-noite. Silenciosamente, abri a porta do meu quarto e me transformei em um morcego. Voei pelo corredor, desci as escadas, contornei a sala de estar e entrei na cozinha.

Minhas curvas foram boas e fiz três pousos perfeitos. Estava dando mais uma volta pela cozinha quando Emma entrou sorrateiramente pela porta dos fundos e eu voei direto em seu cabelo.

Ela se assustou e começou a gritar:

— Socorro! Socorro!

— Emma! Sou eu! — gritei, mas ela não me ouviu porque minha voz não fica muito alta quando sou morcego, e ela gritava loucamente. Ela tentou me golpear com a bolsa, mas não parava de bater na própria cabeça.

— Ai! Ai! Ai! — ela gritou.

— Emma, pare! Sou eu!

Eu finalmente me desemaranhei e saí voando de seu cabelo. Pairei no ar longe o suficiente para que ela não pudesse me bater.

— Emma! Sou eu! O Tom! Eu sou um morcego!

Ela me encarou boquiaberta.

— Você é a coisa mais nojenta que eu já vi! Você é tãããão nojento! Olhe para você. Tem olhos grandes e esbugalhados, orelhas gigantes e dentes pequenos e pontudos!

— Sim, eu sei, Emma. Eu sou um morcego. É assim que os morcegos se parecem.

Ela desabou em uma cadeira e gemeu.

— Eu tenho um morcego como irmão... Minha vida fica pior a cada dia!

Eu pousei na mesa.

— Emma, eu sou o vambizomem, não você!

— Quando você aprendeu a se transformar em morcego e voar? — ela perguntou.

— Lá na vó.

— Como?

Eu não poderia contar a ela sobre Martha Livingston.

— Eu... eu li um livro.

— Que se chama "Como Se Transformar em um Morcego e Voar?"

— Não. O título é *Uma Educação Vampírica*.

Ela cruzou os braços.

Onde você conseguiu um livro assim?

— Encontrei no eBay.

— Certo, agora vire você mesmo! Isso é muito assustador! Eu não quero falar com um morcego!

Eu me transformei em mim.

— Emma, por favor, não diga a ninguém que posso me transformar em um morcego e voar.

— Por que eu contaria a alguém que meu irmão é ainda mais estranho do que eu pensava?

49.
Lágrimas na casa da árvore

Nas semanas anteriores ao Dia de Ação de Graças, Zeke começou a ter aulas de banjo no YouTube, Tanner Gantt foi detido cinco vezes, Capri cantou "Let it Go" em um ensaio da banda, e descobrimos que ela não sabe cantar, e Annie me fez dizer a ela, e ela chorou; Emma e o Garoto Cenoura inventaram novos apelidos um para o outro, Em-Em e Lukester, que são ainda piores do que Emmers e Lukey; e meu pai deixou Quente Cachorro usar sua bateria antiga. Eu li *Uma Educação Vampírica* e descobri que me transformar em fumaça é muito mais difícil do que virar um morcego, e eu ainda não tinha saído voando lá fora. Mas isso estava para acontecer.

● ● ●

Eu estava no quintal recolhendo cocô do Muffin. Para um cão pequeno, Muffin faz muito cocô. Eu tinha acabado de pegar o cocô nº 4 quando ouvi um barulho vindo de nossa casa na árvore. Mamãe e papai construíram a casa da árvore quando Emma e eu éramos pequenos. Zeke e eu costumávamos brincar de piratas e de nave espacial nela o tempo todo. Emma costumava ir lá e escrever poesia quando tinha doze anos e pensava que seria a maior poetisa do mundo.

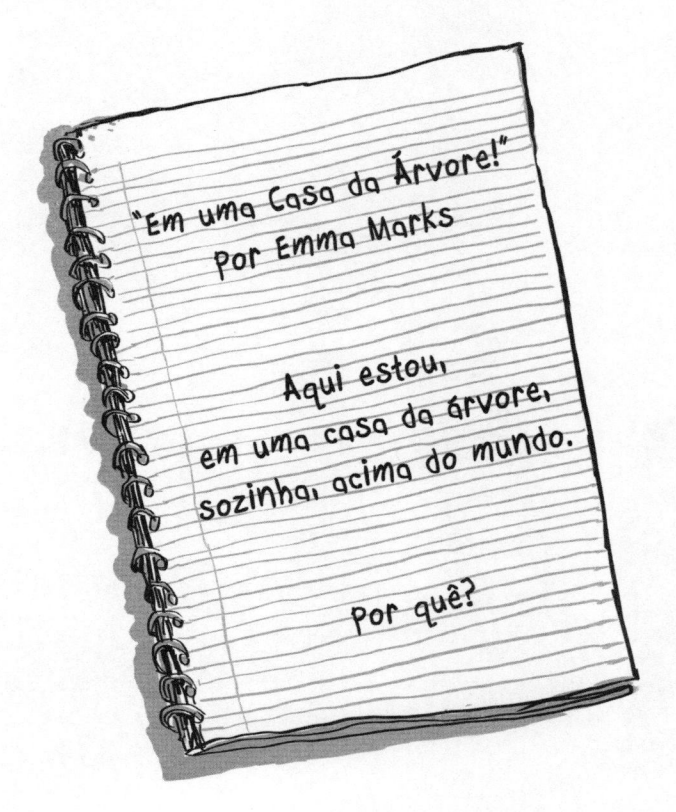

"Em uma Casa da Árvore!"
por Emma Marks

Aqui estou,
em uma casa da árvore,
sozinha, acima do mundo.

Por quê?

Sua poesia era pior do que suas pinturas de flores.

Então, eu estava colocando o cocô de Muffin em um saco quando ouvi alguém chorando na casa da árvore.

— Emma?

— Vá embora! — ela gritou.

— Qual é o problema?

— Nenhum! Sai... daqui — ela ordenou. Não parecia seu choro falso.

Subi a escada de madeira. Emma estava sentada no chão da casa da árvore ao lado de seu telefone, enxugando os olhos.

— Por que você esta chorando?

— Eu estou... assistindo a um filme triste.

— Que filme?

— Romeu e Julieta.

Ela assistiu esse filme um milhão de vezes. Tentei assistir uma vez porque Annie disse que era bom, mas não conseguia entender o que ninguém estava dizendo.

Alerta de spoiler: Ambos morrem no final.

Eu olhei para o telefone de Emma. Não havia nenhum filme na tela.

— Qual é o problema? — repeti.

— Não é da sua conta — ela respondeu, enxugando o nariz na manga. Se eu tivesse feito isso, ela teria dito: "Você é tão nojento!"

— O que aconteceu? — perguntei de novo.

Ela olhou para mim e seu lábio inferior começou a tremer e então ela deixou escapar:

— Lucas está apaixonado por Madison Debney!

— Quem é Madison Debney?

— Uma nova garota na aula de Artes e Artesanato! Ela acha que é talentosa em fazer coisas e ela tem dreadlocks incríveis, olhos lindos e maçãs do rosto perfeitas e o melhor sorriso e todos os caras da escola estão apaixonados por ela, incluindo o Garoto Cenoura!

Eu não conseguia acreditar que ela tinha chamado ele de Garoto Cenoura. Isso provava que ela estava realmente brava. Fiquei um pouco triste que eles pudessem terminar. Estava começando a achar que o Garoto Cenoura era um cara legal.

— Como você sabe que ele está apaixonado por ela? — perguntei.

— Ele tem falado muito com ela na escola.

— Por que você simplesmente não pergunta a ele sobre ela?

— Você não entende nada! Pari acabou de ligar e acha que viu Madison na casa de Luke esta noite. Eu gostaria de poder espioná-lo e... ESPERE AÍ!

Ela tinha uma expressão maluca nos olhos e apontou para mim.

— Você pode ir espionar ele!

— O quê?

— Vire um morcego e voe até a casa dele agora mesmo e veja se Madison Debney está lá!

— Eu não vou fazer isso.

— Por que não? Pense em todas as coisas que fiz por você!

Eu não conseguia pensar em nada que ela tinha feito por mim ultimamente, exceto quando gritou com aquele cara na loja de Halloween.

Ela olhou para mim com os olhos marejados e coisas nojentas saindo de seu nariz.

— Por favor, Tom?

Eu sabia que teria que voar lá fora algum dia. Se eu não fizesse agora, talvez nunca mais fizesse. Meus pousos eram bons e nunca mais caí. Tentei não pensar nos vídeos de corujas comendo morcegos. Talvez aqueles morcegos simplesmente não soubessem lidar com corujas? Não me lembrava de ter visto uma coruja em nossa cidade. Eu tinha visto falcões algumas vezes. Mas eu tinha visão noturna, então podia ficar alerta e, se voasse rápido e baixo, perto do chão, eles poderiam não me ver.

— Está bem, Emma, eu vou.

Ela me deu um abraço, o que nunca acontece.

o o o

Eu sabia que teria que voar pela casa de Zeke e mostrar a ele também. Ele me mataria se eu não fizesse isso. Liguei e contei que passaria voando por lá depois de ir até a casa do Garoto Cenoura.

— Excelente! Estarei pronto e esperando, Bat-Tom! — Zeke exultou.

Eu fiquei ouvindo para ver se parecia que estava fazendo polichinelos.

Ele não estava.

— Ok, Zeke, fique lá fora no gramado da frente. Finja que está olhando para as estrelas ou algo assim.

Emma entrou no meu quarto. Abri minha janela e uma brisa soprou.

— Certo, Tom, vá lá!

— Vire um morcego. Morcego, eu serei — falei

Bam!

Eu era um morcego.

Emma sacudiu a cabeça.

— Isso é... tão... bizarro.

Voei até a janela. Procurei, com muito cuidado, corujas, falcões ou águias. Não vi nenhum deles.

Emma disse:

— Se vir a Madison lá, você pode, tipo, voar no cabelo dela e arranhar seu rosto?

— Não! Vou espionar, não atacar.

Respirei fundo três vezes para me preparar.

— Tom?

— Sim?

Emma falou mais baixo do que o normal:

— Tome cuidado.

Bati as asas, subi do peitoril e voei para fora.

50.

O Voo do Bat-Tom

Por que esperei tanto para fazer isso? Voar aqui fora foi um milhão de vezes mais divertido do que voar dentro de casa. Eu podia ir mais rápido, mais alto e mais longe.

Subi alto no céu e olhei para baixo. Pude ver toda a cidade. Era como se eu estivesse em um avião, mas eu era o avião. Parei de bater as asas, segurei-as abertas e planei. Uma brisa me empurrou. O ar estava frio, as estrelas brilhavam e eu podia ver a lua quase cheia ao longe.

Talvez ser um vambizomem fosse legal, hein?

o o o

Voei até a casa do Garoto Cenoura primeiro. Ele estava no gramado da frente com uma garota que se parecia exatamente com a descrição de Emma de Madison Debney. Eles estavam sentados na grama, muito próximos um do outro. Aquilo não parecia bom.

Pousei no telhado (foi uma aterrissagem muito boa). O Garoto Cenoura estava segurando uma caixa com um colar de prata dentro. Madison deu um abraço nele. Me senti mal por Emma. Inclinei meu ouvido para ouvir melhor.

— Lucas, você é tão doce.

— Não, não sou.

— Sim, é! Você é um cara tão incrível!

— Bem, você também é incrível, Madison.

— Obrigada.

— Não, ei, obrigado por fazer o colar — o Garoto Cenoura falou. — Emma vai adorar.

Eu pude ver um pequeno coração de prata em uma corrente.

— Espero que sim — Madison respondeu. — Acho que é o melhor colar que já fiz.

Uma motocicleta parou no meio-fio com um cara grande e musculoso que parecia o Wolverine nela. Madison correu e deu um beijo que confirmou que eles eram namorado e namorada.

— Até mais tarde, Lucas! — Madison falou enquanto subia na traseira da motocicleta.

Wolverine grunhiu e eles partiram. Emma ficaria feliz em ouvir tudo isso. Mas primeiro, eu tinha que ir para a casa de Zeke.

o o o

Quando cheguei mais perto, pude ver Zeke de pé no gramado da frente com um par de binóculos. Quando me viu, abaixou o binóculo e enfiou a mão nos bolsos traseiros da calça. Ele puxou duas lanternas e as ligou. Em seguida, ergueu os braços e começou a agitar as lanternas para a frente e para trás, como os trabalhadores fazem em aeroportos para aviões de pouso.

— Você está autorizado a pousar, Bat-Tom! — ele gritou.
— Shhh! — girei de volta. Mas ele não conseguia ouvir.
— Bat-Tom, voo vinte e sete se aproximando na pista três e trinta e cinco! Você está liberado para pousar!
Pousei na grama. Perfeitamente.
Zeke corre até mim.
— Excelente pouso!
Normalmente ele teria feito polichinelos por cerca de cinco minutos, mas não fez. Martha Livingston era uma boa hipnotizadora. Talvez um dia eu também seja.
Eu voei ao redor do quintal de Zeke algumas vezes, subi ao céu e depois voltei. Ele me observou com a boca aberta.

— Ok, Zeke, eu tenho que ir. Vejo você amanhã!

Zeke se levantou e ergueu as lanternas novamente.

— Bat-Tom está liberado para decolar!

Próxima parada: casa de Annie, para um voo rápido.

○ ○ ○

Sobrevoei nossa escola, descendo na pista de corrida e depois subindo novamente. Sobrevoei o parque, navegando entre as copas das árvores e a casa de Tanner Gantt. Eu não sabia que ele tinha uma piscina no quintal, mas quando cheguei mais perto, vi que não havia água nela. E tinha uma grande árvore com um balanço de pneu. Me perguntei se ele já tinha se sentado naquele balanço alguma vez.

Cheguei à casa de Annie e a vi em seu quarto no segundo andar. Pousei no parapeito da janela e olhei para dentro. Fiquei surpreso que seu quarto estava bagunçado. Havia roupas espalhadas pelo chão, na cama e na cadeira. Sua estante estava abarrotada de livros, brinquedinhos e estatuetas. Em sua parede ela tinha um pôster daquela cantora com o cabelo maluco e voz esquisita cujo nome eu não sei como pronunciar.

Annie estava sentada em sua cama, ao lado de um bichinho de pelúcia de um daqueles filmes japoneses de animação que ela adora, dedilhando seu violão e cantando. Era uma música que eu não tinha ouvido antes. Ela cantava um pouco, então parava e escrevia algumas palavras em um bloco e, em seguida, cantava novamente.

Parecia uma boa música, embora não fosse sobre mim. Eu estava prestes a bater na janela quando ela cantou o refrão:

"Ouça, aqui está a minha música,
Ouça, vou cantar de graça,
Ouça a noite toda."

Eu estava descobrindo uma boa parte da harmonia para a música quando Annie parou de cantar e olhou para a janela.

Direto pra mim.

Será que ela conseguia ver o morcego marrom sentado em sua janela?

Eu congelei.

Então, no reflexo da janela, vi outra coisa.

Era grande, marrom e estava vindo direto para mim.

Girei minha cabeça. Era uma coruja, com asas abertas e garras para cima, silenciosamente deslizando na minha direção.

Parecia faminta.

51.
A Coruja e o Morcego

A menos que eu fizesse algo rápido, eu seria o jantar desta coruja.

Voei do parapeito da janela e a coruja me errou por alguns centímetros, batendo na janela. Eu bati minhas asas o mais rápido que pude. Talvez a coruja tenha desmaiado? Dei uma olhada rápida para trás. Não tinha. Ela estava vindo atrás de mim.

Quem diria que as corujas poderiam voar tão silenciosamente e tão rápido?

Por que não nos ensinam sobre corujas na escola?

Por que Martha Livingston não me deu uma aula de *Como Fugir de Uma Coruja que Quer Comer Você?*

A coruja se aproximou.

Decidi mergulhar para o chão e me transformar. Mas a coruja estava tão perto que eu podia sentir o vento de suas asas. Ele iria me pegar antes que eu pudesse pousar no chão e me transformar. Eu tinha que fazer algo rápido.

À frente, vi que a árvore no quintal de Tanner Gantt tinha um pequeno nó. Eu poderia voar para dentro, onde a coruja não poderia me pegar.

Bati minhas asas o mais rápido que pude, então as fechei no último momento e voei para a pequena entrada. A coruja pairou do lado de fora do buraco. Ela tentou me pegar com suas garras, mas eu estava fora de seu alcance. Então se empoleirou em um galho fora do buraco, olhando para mim. Ela ia ficar sentada lá até eu sair.

Não consegui me transformar porque o buraco era muito pequeno. Talvez se eu gritasse com a coruja, ela ficasse assustada e voasse para longe.

— Ei! Saia daqui! Vai! Xô!

A coruja piscou seus olhos grandes algumas vezes, mas não se mexeu.

Imaginei a coruja me levando para seu ninho.

— *Ei, crianças! Papai está em casa! Olha o que eu trouxe para o jantar!*

— *Eba! É um morcego!*

— *Ele parece delicioso, papai!*

— *Eu quero comer o coração dele!*

— *Eu quero comer o fígado dele!*

— *Eu quero comer os olhos dele!*

— *Podemos comê-lo enquanto ele ainda está vivo, papai?*

— *Sim, crianças! Essa é a maneira mais nutritiva!*

Ia ser uma longa noite no buraco. Eu estava com fome e cansado. Adormeci um pouco e, quando acordei, a coruja havia sumido. Talvez estivesse se escondendo, esperando para atacar quando eu saísse do buraco.

Lentamente coloquei minha cabeça de morcego para fora. Eu não a vi, então voei para baixo da árvore o mais rápido que pude. Assim que pousei na piscina vazia, disse:

— Vire humano. Humano, eu serei!

Virei eu mesmo de novo e olhei para cima, vendo a coruja em um galho logo acima do nó. Seus olhos se estreitaram quando me viu. Então, abriu suas asas e silenciosamente voou para longe.

• • •

Eu estava caminhando em direção à parte rasa da piscina para sair quando vi um skate com adesivos de *Coelhos ao ataque!* nele todo. Era o skate do Zeke. Eu sabia que Tanner Gantt tinha roubado! Eu o peguei, saí da piscina e ouvi uma porta de vidro se abrir.

— Ei! O que você está fazendo aqui, Marks?

Tanner Gantt estava em sua varanda de trás, segurando um cachorro grande e de aparência raivosa em uma coleira.

— Estou recuperando o skate do Zeke que você roubou! — falei.

— Eu não roubei!

— Então por que está aqui?

— Comprei de Dennis Hannigan!

Dennis Hannigan era um garoto do ensino médio que fazia Tanner Gantt parecer o Ursinho Pooh. Ele estava sempre roubando coisas.

O cachorro rosnou.

— Você está invadindo, Marks! Vou chamar a polícia! — Tanner gritou.

De dentro da casa, sua mãe gritou:

— Tanner! Fica quieto! Estou tentando dormir!

Eu pulei a cerca, em um salto, o que foi legal demais, e corri de volta para minha casa.

Quando cheguei em casa, contei a Emma sobre Madison, o Garoto Cenoura e o colar. Ela começou a chorar novamente.

— Lukester vai me dar um colar? Ele é tão fofo! É o melhor namorado do mundo!

— Sabe o que mais aconteceu? — perguntei. — Uma coruja quase me comeu!

— Oh! — ela exclamou, escovando o cabelo.

— Você ouviu o que eu disse? Quase fui comido por uma coruja!

— Sim. Certo. Mas ela não comeu você.

— Não! Senão eu não estaria aqui!

— Então, qual é o problema? Você é um vambizomem e pode cuidar de uma coruja.

Comecei a explicar, mas decidi que não valia a pena.

Emma é a pior.

o o o

Eu devolvi o skate pro Zeke no ponto de ônibus no dia seguinte.

— Excelente! Obrigado por isso, Timzão!

Ele estava animado e por um segundo parecia que ia começar a fazer polichinelos, mas não fez. Foi estranho, eu meio que senti falta dele fazendo polichinelos.

Entramos no ônibus e a primeira coisa que Annie disse foi:

— Ei, caras! Ontem à noite, uma coruja quase quebrou minha janela!

— É mesmo? — perguntei. — E que horas é o ensaio da banda hoje à noite?

Annie ignorou minha pergunta.

— Eu estava trabalhando em uma nova música e uma coruja enorme bateu na minha janela! Acho que estava tentando pegar um pássaro, ou talvez fosse um morcego.

— Não, eu não acho que poderia ter sido um morcego — falei.

— Por que não? — Annie perguntou.

Tanner Gantt entrou no ônibus e, pela primeira vez, fiquei feliz.

— Ei! — Zeke disse. — Você roubou meu skate!

— Não, não roubei, Zimmer-Idiota! Já disse ao seu amigo invasor, comprei de Dennis Hannigan. Fora que é um skate barato e ruim de qualquer forma. Só usei uma vez porque era horrível.

Então ele se virou para mim.

— E você, Cara Bizarra, se eu te ver na minha propriedade novamente, você está morto!

52.

Espionando

Tínhamos ensaio da banda naquele dia depois da escola. Quente Cachorro finalmente tinha uma bateria completa. Annie cantou a nova música que ouvi quando a assisti pela janela, antes que eu quase fosse morto pela coruja.

Quando ela chegou ao refrão, cantei junto com ela e harmonizei.

"Ouça, aqui está a minha música,
Ouça, vou cantar de graça,

Ouça a noite toda."

Isso acabou sendo um erro ENORME.

Annie parou de tocar seu violão.

— Como você sabe cantar?

— O quê? — perguntei, o mais inocentemente que pude.

— Como você conheceu essa música?

— Hã... Eu apenas meio que... adivinhei?

Eu não poderia dizer a ela que estava empoleirado no parapeito da janela.

— Como você poderia adivinhar as palavras e a melodia? — ela perguntou desconfiada.

Dei de ombros.

— Não sei. Devo ter ouvido você cantar antes.

— Isso é impossível. Eu escrevi ontem à noite. Não tem como você saber, a menos que tenha me ouvido cantando. Espere, você usou sua audição de lobo para me espionar?

— O quê? Não! (Essa era a verdade).

— Então como você sabia?

— É... li sua mente?

— Me diga!

Eu não queria mentir para ela.

— Certo. Deixa eu explicar... Aprendi a me transformar em morcego e voar.

— Já estava na hora! — Quente Cachorro exclamou.

— Então, eu estava voando pela sua casa e ia te mostrar, e então eu vi você na janela e...

— Você estava olhando a minha janela?

— Bem, mais ou menos...

— Você me espionou!

— Não! Eu não estava espionando. Eu acabei vendo você sentada em sua cama de pijama...

— Você me espionou no meu quarto!

— Tecnicamente, eu não estava espionando, porque não sou um espião. Eu vi você cantando a música e...

— VOCÊ ME ESPIONOU!

— Annie, eu ia bater na janela, mas aquela coruja tentou me matar!

— Eu não me importo com essa coruja estúpida! — Annie gritou.

— Aquela coruja poderia ter me levado para alimentar seus bebês corujas! Eles iam me comer vivo!

— Saia daqui! — gritou Annie, indo para a porta da frente.

— Annie, vamos lá, não...

Ela abriu a porta.

— Você está fora da banda! E eu não quero falar com você nunca mais!

— Annie, eu não queria...

— VAI EMBORA!

Saí e ela bateu a porta.

— Não bata a porta! — gritou sua mãe de algum lugar.

53.

Problemas de ser um lobisomem

Eu estava ansioso para ir na vó no Dia de Ação de Graças. Tanner Gantt continuou falando que ia chamar a polícia porque eu havia invadido a casa dele, Capri ainda estava com raiva de mim por dizer que não tinha uma boa voz e Annie estava ainda mais brava e não me deixou voltar à banda.

Haveria lua cheia na noite de Ação de Graças, então, no caminho para a casa da vó, Emma disse:

— Podemos jantar mais cedo, antes que vocês-sabem--quem se transforme em vocês-sabem-o-quê? Eu não quero ter que comer olhando para sua cara de lobo.

— Seu irmão tem um rosto de lobo muito bonito, Emma — mamãe falou.

— Mãe, ninguém tem uma bela cara de lobo. Exceto, talvez às vezes, em um filme. E não estamos vivendo nesse filme. Estamos vivendo no filme do vambizomem!

o o o

Sempre jantamos mais cedo no dia de Ação de Graças, antes do pôr do sol. Não sou um grande fã de peru, mas adoro purê de batata, molho e o recheio. Não gosto de brócolis e nunca gostarei. Torta de abóbora com chantilly caseiro é muito bom.

Não tivemos sobras este ano porque eu estava com uma fome de zumbi e repeti três vezes e comi o resto do peru.

Papai não ficou feliz com isso.

— O quê? — ele gemeu. — Sem sobras? Sem sanduíches de peru? Sem salada de peru? Peru desfiado? — Ele parecia triste.

— Certo! — mamãe falou em sua voz de anúncio. — Agora, vamos ficar em volta da mesa e todos vão dizer por que estão agradecidos.

Emma e eu gememos.

Mamãe começou.

— Estou grata por estarmos todos aqui juntos.

— Estou grato por estarmos saudáveis — Vovó agradeceu.

Emma disse:

— Agradeço que Tom não tenha comido nenhum de nós ou sugado nosso sangue... ainda.

Eu sorri para ela e disse:

— Agradeço que Emma vá para a faculdade em dois anos.

— Sou grato por não ter que lavar a louça — papai falou.

Emma e eu gememos novamente.

o o o

Temos uma regra de ação de graças: mamãe, vovó e papai fazem a refeição, e Emma e eu lavamos os pratos. Enquanto estamos na cozinha, trabalhando duro, lavando os quinhentos pratos, potes, panelas e talheres, eles estão todos perto da lareira aconchegante. Papai adormece no sofá, mamãe começa a ler um livro e adormece, e vovó coloca um de seus discos antigos e faz crochê. Desta vez, ela estava tocando o álbum de Bob Dylan que papai havia trazido para ela.

Eu estava lavando a grande e nojenta frigideira de molho, que Emma sempre consegue escapar de lavar de alguma forma, quando a lua apareceu. Eu soltei a panela quando comecei a me transformar.

— Mamãe! — gritou Emma. — Tom não está lavando a louça!

— Estou me transformando em um lobisomem! — Eu gritei.

— Parem de gritar, estou tentando dormir! — papai gritou.

— Tom, quando você terminar de se transformar, termine os pratos, por favor! — mamãe falou.

— Certo — respondi. — Quando eu terminar, posso correr pela floresta?

— Pode! — mamãe concordou.

— Vocês podem parar de gritar para que eu possa ouvir minha música? — gritou vovó.

o o o

Finalmente terminamos de lavar os pratos. Corri para fora pela porta de tela traseira e para a floresta. O tempo estava fresco e as árvores frondosas tinham um cheiro ótimo. Corri para cima e para baixo em colinas, saltei sobre árvores caídas e pulei de rochas, indo bem alto no ar. Eu senti que poderia correr para sempre. É uma sensação incrível. É uma das vantagens de ser um lobisomem.

Depois de um tempo, me sentei em um tronco. Fiz uma lista, em minha mente, das coisas boas e ruins que aconteceram nos últimos meses.

COISAS BOAS

1. *Eu conheci outro vampiro: Martha Livingston.*
2. *Aprendi como me transformar em morcego e voar.*
3. *O professor Beiersdorfer não transformou Zeke e eu em robôs.*
4. *Eu pude dançar com a Annie.*
5. *Descobri que tenho uma ótima voz quando sou um lobisomem.*
6. *Ninguém me reconheceu quando fui brincar de gostosuras ou travessuras e ganhei uma tonelada de doces.*

COISAS RUINS

1. *Tanner Gantt se fantasiou de mim no Halloween.*
2. *Eu quase virei o morcego de estimação do Professor Beiersdorfer.*
3. *Zeke e eu ficamos em último lugar no nosso projeto de ciências.*
4. *Só tenho uma ótima voz quando sou um lobisomem.*
5. *Uma coruja quase me comeu.*
6. *Annie me expulsou da banda.*
7. *Annie me odeia.*

Fiquei com sede, então corri até um riacho e bebi um pouco de água fresca. Enquanto bebia, ouvi um barulho. Folhas esmagando sob os pés de alguém. O som se aproximou. Eu lentamente levantei minha cabeça e olhei para o outro lado do riacho.

Eu podia ver claramente ao luar. Um rosto cinza, pêlo branco, o olho azul esquerdo cercado por um círculo escuro. Era o lobisomem que me mordeu. E ele era ainda maior do que eu me lembrava.

Martha Livingston me disse para fugir se o visse novamente. Ele parecia que poderia facilmente saltar sobre o riacho e me atacar. Eu não conseguiria corre mais do que ele, mas poderia me transformar em um morcego e voar para longe.

Pela primeira vez eu estava feliz por ser um terço vampiro.

Rapidamente, comecei dizer:

— Vire um morcego...

O lobo falou.

— Boa noite.

Onde tudo começou:
o livro 1 da série!

DO AUTOR DE BOB ESPONJA,
UMA NOVA SÉRIE PARA GARGALHAR E SE ARREPIAR!

A maior preocupação de Tom era ser popular na escola... isso até se transformar em um VAMBIZOMEM. Isso mesmo. VAM-BI-ZOMEM! Uma mistura improvável de vampiro, zumbi e lobisomem! Quais as chances de isso acontecer?

Três mordidas em menos de 24 horas? Tom não é exatamente a pessoa mais sortuda da Terra, então, uma série de eventos (e mordidas) o transformou nessa ameaça tripla. Tudo aconteceu no segundo pior momento do ano – o último dia das férias, quando ele iria começar o ensino médio. Então havia muitas razões para ele estar empolgado, mas várias outras que o APAVORAVAM.

ASSINE NOSSA NEWSLETTER
E RECEBA INFORMAÇÕES DE
TODOS OS LANÇAMENTOS

WWW.FAROEDITORIAL.COM.BR

FARO EDITORIAL

ESTA OBRA FOI IMPRESSA
EM JUNHO DE 2021